YANN QUEFFÉLEC

Né en 1949, Yann Queffélec publie son premier ouvrage, une biographie de Béla Bartók, en 1981. Quatre ans plus tard, son roman *Les noces barbares* est lauréat du prix Goncourt. De nombreux romans ont suivi, dont *Le maître des chimères* (1990), *Noir animal : la menace* (1997), *Disparue dans la nuit* (1994), *Et la force d'aimer* (1996), ainsi que *Vert cruel* (2003).

LE SOLEIL
SE LÈVE À L'OUEST

DU MÊME AUTEUR
CHEZ POCKET

LA FEMME SOUS L'HORIZON
LE MAÎTRE DES CHIMÈRES
PRENDS GARDE AU LOUP
NOIR ANIMAL

YANN QUEFFÉLEC

LE SOLEIL SE LÈVE À L'OUEST

BARTILLAT

ISBN 2-266-12265-7

À mon fils Neven,
Qui est aussi mon petit frère.

À mon père.
Au large de Brest
Au large de l'Ouest
Il m'attend là-bas
Ne le mangez pas tout entier
Poissons volants
Laissez-m'en
S'il vous plaît multipliez-le.

Il se lève à 7 h 32 le 4 septembre 1949. Il fait briller les yeux bleus de mon père et les yeux vert automne de celle qui me donne le jour. Je n'ai pas d'âge encore ; un bambin langé à l'ancienne, une pièce de monnaie collée au nombril. Le temps passe déjà. Des lessives de nouveau-né claquent au vent qui vient du large à travers les îles. Des filles me brandissent en riant. Leurs fortes odeurs croisent les odeurs sucrées des algues mises à blanchir sur la dune, attrapant au soleil des taches violacées. La mer et l'azur crépitent à l'infini. Des bras me portent vers ce bleu puissant, mon origine. Après le ventre maternel, les eaux marines, flux, reflux, Bretagne, Eden. On m'enlève au sol, on me trimballe de car en car, de train poussif en train rapide. À mes oreilles un mirage de bruit mécanique, un battement de roues sur les rails, l'ignoble retour à Paris. J'ai soif. Je n'ai pas gardé vivante en moi la sensation du lait maternel, mais qu'en sais-je, après tout ? Que savons-nous du silence entre les mots ?

Cinquante ans plus tard j'ai pas mal changé, la Bretagne aussi. Les vents ont tourné sous la jupe à Clio. Le soleil ne la convoite plus d'un aussi bon œil. Ports sans bateaux, littoral dénaturé, plages-parkings, méga-porcheries, odeurs nauséabondes étalées dans l'air jadis réputé pour son iode, pluies imbuvables au robinet, algues vertes, antibiotiques, nitrate et autres chimies, le bel Armor porte aujourd'hui les stigmates d'un âge extrême où produire, et produire aussi du scandale, est en train d'éclipser la Genèse. On casse, on violente, on mondialise, on met des ronds-points, des lampadaires, on bétonne au motif enjôleur d'aménager ; on se congratule entre iconoclastes enrichis. Mais qu'un jour leur bateau tombe en panne au large, et les voilà suppliant les hospitaliers sauveteurs bretons de les ramener à la maison, pardi ! Tant pis s'ils le font au péril de leur vie. Chez eux, périr en mer, c'est la coutume. Au bout du rouleau, la coutume, à force.

On peut toujours se voiler la face : allons, ça ne va pas si mal, le poil de la bête est bien accroché, Bretagne est univers. Les minorités atlantiques renaissent au génie pluriel de l'ouest. On a voulu leur couper la langue : elles n'ont jamais si bien chanté ni fait rayonner les points cardinaux. Voyez les Étonnants voyageurs de Michel Le Bris, l'Interceltique de Jean-Pierre Pichard, le festival des Vieilles Charrues, voyez le Quartz, Les Tombées de la nuit, les as du Vendée Globe, etc. Que l'on n'aille pas dire après du Breton qu'il manque à l'esprit républicain ou qu'il peine à trouver sa voie entre les fatalités extérieures et sa vénérable insularité. Ce n'est pas une raison pour sacrifier l'air du large à la fiente et la campagne à l'enrobé drainant. Ah ! les maires.

Un peu moins bon vivant qu'il ne voudrait ce livre d'Heures est un hommage à l'Armor de mon enfance, à ma famille, aux maisons vendues, aux bateaux perdus, à la tante Sabote qui n'existe pas, à tous ces hauts-fonds sur lesquels j'ai failli plus d'une fois déchirer mes voiliers, à mes frayeurs de gamin pris dans la brume, au Roch Melen, aux grèves, aux tessons des bouteilles qui m'ont écorché les pieds, à ce besoin d'errer que j'éprouvais petit garçon, ce flottement naturel aux Armoricains, du plus champêtre au plus voyageur. Race de culs-terreux océaniques ; race amphibie domiciliée chez elle et dans les lointains, hantée par un âge supposé réconcilier tous les temps et glorifier la lumière créatrice au premier jour du monde, s'il eut jamais lieu.

Je parle de moi dans ces pages : un moi suffisamment détaché pour symboliser, j'espère, une enfance où chacun apercevra la sienne. Comme d'habitude, j'ai quatre ans. On m'appelle encore p'tit frère et j'aime ce lien fraternel avec autrui. Il est midi, l'été bat son plein. Je rapporte fièrement à la maison, par la grève, des entrailles de poisson-lune offertes par des pêcheurs taquins. Je les arbore en sautoir, collier mirifique de vahiné. La tête de ma grand-mère à la vue de ce patouillis d'intestins blanchâtres amoncelés dans l'entrée ! Et moi qui pensais nourrir les miens et mériter une ovation. Premières illusions perdues. Retrouvées depuis, reperdues, elles ne sont jamais bien loin. Qu'elles m'oublient, c'est moi qui les cherche.

I

J'ai passé mon enfance à l'Aber-Ildut, un village au nord de Brest et plus encore à l'est d'Éden. Arrivant du sud par mer, doublé le vieux Moine et le Tournant de Lochrist en direction du Four, on ne soupçonne rien. Suivant le chenal, on longe une côte peu élevée qui s'incurve en douceur vers la Manche, on vogue entre les bouées et les pions blancs des châteaux d'eau. On voit s'étirer le liséré dentelé du granit, on voit des efflorescences brèves comme des illusions, annonciatrices de brisants aussi nuisibles au marin que la rencontre du fauve à l'explorateur. Rangé le plateau des Fourches à droite, on pique sur la tourelle rouge du Lieu pour entrer à l'Aber. Et ce faisant on plane au-dessus des naufrages, coffre fort des Vénètes, rubis d'Hamilcar et fafs de la gestapo, en déshérence. Le plaisancier novice évitera ces parages et, si malgré lui le courant l'y pousse, ou quelque fée Morgane, il s'abstiendra d'expérimenter seul la passe du Crapaud, quand bien même il croit savoir que le paradis règne au-delà des cailloux.

L'Aber donne au prime abord une impression d'intimité close et lilliputienne. Il contient plusieurs mers enchâssées dans les boucles du rivage. Au nord le goulet s'orne d'un édifice en longueur blanchi à la chaux, le seul phare de Bretagne à représenter pour le navigateur un péril, le seul à projeter son rayon de bienvenue sous un angle si voisin des récifs que la survie tient du quitte ou double.

En face, le quai de Lampaul appartient aux sabliers du port, mieux appelés gabariers. Côté rivage, on trouve une première baie d'un silence irréel, agrémentée d'une île au trésor où j'ai sondé les racines en vain, secoué les lapins comme des tirelires, orpaillé la vase et soumis les crabes à la question sans jamais leur faire cracher la moindre pépite. Là, d'anciennes gabares aux câbles rouillés considèrent les champs et se laissent assimiler par les végétaux dont elles apprivoisent les coloris, les odeurs, cependant que les vaches ruminent au-dessus d'elles et peut-être les voient aussi. Deux fois par jour, fidèle au souvenir d'une époque où la mer ne partageait rien avec le sec hormis l'azur, l'océan monte, inonde les épaves, mouille les pâquerettes et le mufle des vaches, s'attarde aux prés-salés, puis, docile et comme repentant, il retourne à l'ouest.

Les berges de l'Aber longent une rivière aux boucles déliées, dix kilomètres environ. Celle de Lanildut est la plus villageoise, celle de Lampaul a gardé sa rudesse. On a des prés, des bois, des landes et des korrigans, des moulins en ruine, des fontaines à sec et des lavoirs maudits ; on a même une maison brûlée dont les habitants se sont entretués par amour, une carrière à l'abandon, véritable amphithéâtre aquatique où des boudoirs de sirènes logent une eau jamais froncée par le vent ; le plus léger bruit s'y répète en interminables échos. C'est là qu'il faut mener en bateau les jolies indécises et leur conter fleurette ou légende en faisant semblant de charmer l'écho.

À Pont-Reun la rivière s'amenuise et se sépare en filets que peignent des joncs transparents, avant de se rejoindre sous l'arche d'un pont masqué par les taillis. L'eau est à peine salée ; la grenouille y cousine avec le mulet, le fenouil avec le goémon ; le sud se fait nord en remontant vers l'Aber. Voici Beler et ses couleuvrines à jamais pointées sur les vaisseaux anglais ; voici le Gour-Bihan, un abri naturel pour les bateaux en hivernage ; voici l'anse de l'église où les heures de Lanildut résonnent en ondes alanguies, saluant les bateaux désarmés, dundees, sloops ou canots dont les patrons reposent au cimetière, à quelques pas, sous les graviers et les hortensias.

La rivière s'élargit et perd son nom dans le port maritime : nous sommes à l'Aber. L'anse du Tromer achève son bel arrondi par une rangée de maisons en bord de mer. Chacune a son jardin, son muret de granit, son escalier qui descend à la grève. La maison du milieu, la plus belle avec ses volets bleus, son croquet, son tennis fendillé, son portique, son potager, son hangar à bateaux, son allée d'hortensias roses, ses tilleuls, sa toiture en ardoise et son essaim d'abeilles, c'est chez nous.

Dans le jardin ma famille est réunie au grand complet. On a même descendu mon arrière-grand-mère et son fauteuil rouge à oreillettes capitonnées ; mes grands-parents ont les fauteuils d'osier ; il y a mes parents, mes oncles et tantes, mes frères et sœur, mes dix-sept cousines et cousins, et tout cela forme le tableau d'une tribu qui s'entend bien, oui, devant l'éternel, mais uniquement devant lui. J'oubliais : le bébé dans le giron de Maria, la jolie Bretonne en retrait, c'est p'tit frère, moi. Hélas ou tant mieux ce moi n'a plus cours, moi naissant, moi timide et paradisiaque des premières heures. Je peux l'appeler tant et plus, il ne répond pas. Le destin a soufflé sur la photo. La maison a été revendue depuis longtemps. L'enfance a changé d'histoire. Elle s'est déplacée de ma peau dans celle de mes fille et fils, et bien lui en a pris. Mes chers enfants, disait ma grand-mère avant toute chose, écoutez, mes chers enfants. Je fais de même. Et j'ai aussi mes petits secrets.

Devant la maison – au pied de l'escalier à mer basse, au-dessus à mer haute – voisinent trois épaves accouplées par des filins : une drague rouillée, la vedette blanche à rivets du paquebot *Ville de Paris*, la gabare *Jeune Adèle* qui n'est jamais sortie du port. À la marée la drague flotte en se vautrant, la gabare se remplit d'eau, ne laissant plus émerger qu'un mufle écaillé, la vedette se balance légèrement, prête au voyage. Cette vision laisse entrevoir l'éternité, ce qu'elle a d'immuable et de réparateur pour un enfant qui hait la fin des vacances, la rentrée des classes et le froid pourri des hivers parisiens. A-t-il un doute ? Il contemple ces trois bateaux ruinés qui n'en font plus qu'un, crucifiés pour les siècles des siècles dans la vase du port de l'Aber et dans la mémoire, corruptible vestale.

La cale, ou quai d'amarrage, est une rampe de pavés bien taillés. Les parties exposées sont grises, touchées d'or, les parties englouties brunes et goémoneuses. C'est là que le pêcheur dérouté par le mauvais temps vient brader ses araignées mourantes, là qu'on étend les noyés en attendant les pompiers, là que les gamins empruntent les plates des pêcheurs et partent si loin qu'on ne les revoit jamais, là que les gabariers, chaque été, carènent leurs gabares : *André-Yvette* (verte et noire), *Fleur de Lampaul* (grise et noire) ou *Mad-a-Tao* (bleu ciel et noire) ; là que Fine, la passeuse à rames, la seule navette entre l'Aber et Lampaul, enguirlande un Anglais mauvais payeur, là que débarquent les bourlingueurs du dimanche et les vrais ; là que je viens chaque après-midi traîner mes pieds nus avec les autres galopins du bled, espérant je ne sais quel hasard.

... Un type à chapeau kaki s'amène un jour à l'Aber en périssoire, un esquif habillé de toile caoutchoutée. Il débarque à la cale. Il fume une cigarette. Il frime un moment parmi nous, les gosses, la racaille. Hé oui, les p'tits gars, j'ai pagayé jusqu'à vous. J'ai traversé d'un trait la longueur du port, sans souffler. Et j'ai mis quoi ? Pas même une heure. Là-bas, sur la dune, c'est chez moi. J'ai construit la périssoire, j'ai construit la maison. Avec ces mains-là. Et comme au cinéma son regard va de la cigarette à la fumée d'un incendie qui monte au ciel à gros bouillons noirâtres, en plein ciel bleu. « Ma baraque, murmure-t-il entre ses dents. » Il jette la clope et remonte sur son canoë qui chavire. « Elle flambe ! » crie l'homme en pataugeant. Les gosses l'aident à sortir de l'eau. « C'est ma maison qui brûle. » Les gosses tirent la périssoire sur la cale et la retournent pour la vider. Ils repêchent le bonnet kaki. Trempé, sans plus dire un mot, mâchoires crispées, l'homme s'installe à nouveau et se met à pagayer comme un fou vers

Lampaul, un mille nautique au moins. Soufflait une brise régulière de beau temps qui faisait chatoyer la mer. La maison flambait toujours quand je les perdis de vue, sa pirogue et lui. Et quarante ans plus tard, je suis toujours aussi impatient de savoir ce qu'ils sont devenus.

À la sortie nord du village on a l'anse Styvel, la cale Gombarel, la grève du Crapaud puis le goulet, la terrible passe en chicane creusée par les gabares, impraticable si l'on ne sait pas qu'en Bretagne, à l'ouvert d'un port, la ligne droite est souvent le plus court chemin pour arriver au ciel. Le large s'étend par-delà les Pierres de l'Aber, récompense après tous ces anneaux, ces enclavures, ces flaques, ces ruisselets, ces rainettes, ces bateaux navrés, ces korrigans pieds-bots, ces nénuphars, tous ces chemins d'eau qui mêlent rivière et mer au mâchonnement des vaches blasées sur la rive en pente. À l'horizon, ceignant l'archipel Molène, des cierges bariolés plantés dans la mer célèbrent l'éternel anniversaire d'Ildut, l'évangéliste au navire de granit. Ce sont les balises du chenal du Four – Val-Bell, Trois-Pierres, Chevreau. Le soleil se couche à même l'archipel, il s'élargit démesurément et saisit le monde entier dans ses rayons pour s'en faire un bouclier.

II

De Paris à Brest, le voyage en train durait au moins dix heures. Propulsion électrique de Montparnasse au Mans. Charbon du Mans à Brest. Aux arrêts, des types en bleu tapaient sur les roues avec des marteaux. D'autres séparaient les wagons dont les tuyaux pendaient au-dessus des voies comme des veines sectionnées. À Laval, on pique-niquait sur les banquettes. L'odeur du train changeait, l'escarbille le cédait à l'œuf dur, la moleskine au saucisson. Je mourais d'ennui. Je serrais dans mes bras un navire de quat'sous que j'allais régulièrement promener dans le couloir, espérant faire des envieux. Encore trois cents kilomètres à tuer. Aux lumières plus hautes, frisées, à mes battements de cœur, aux noms bretonnants des villages traversés à petite vapeur, au drelin des passages à niveau je savais que l'on arrivait à l'ouest, là où mon père n'avait plus aucun rôle à jouer dans la vie du fils de trois ans qu'il voulait déjà mettre au pas. À Brest, la tante Amatha venait nous chercher avec la jeep de l'oncle Jo – maître du manoir de Kerandran, possesseur du sloop *Ninioblo*, de fermes et d'un domaine assez beau pour infliger, sur le tard, un supplice de convoitise à des nièces ô combien désintéressées.

Ma tante, en gros suroît vert et snow-boots, attendait sur le quai.

– P'tit frère sent l'eau de cologne.

– L'animal en a bu.

– Ce voyage ?

– Bien.

– La vie est belle ?

– Très.

En passant devant la locomotive, un crustacé géant dont les volutes grises enfumaient la verrière, je montrais mon voilier aux machinistes perchés là-haut, deux gueules noires aux mâchoires étincelantes.

L'Aber, éternel retour, premier jardin, vérité. À mer basse, des milliers d'êtres amphibies se souviennent qu'ils savent respirer. Le silence apparent du site, habité seulement par la vibration des angélus et des heures, a pour tonalité la symphonie des crabes et crabillons qui, de leur pas latéral, ventre à terre et chacun pour soi, retournent à Jérusalem en crachotant à l'envi. La mer monte avant qu'ils n'arrivent à destination. Ils tentent à nouveau leur chance au reflux. Et depuis deux mille ans, deux fois par jour, entêtés comme seul le crabe léonard sait l'être au jusant, ils entreprennent ce pèlerinage impossible à finir, du moins tant que la mer sera descendante et montante, et Sisyphe écrasé sous la pierre. Des gobies à tête de molosse et nageoires de démon frétillent dans les flaques, vexés de s'être laissé piéger, des algues vertes chiffonnées par le soleil prêtent un lit zigzagant aux ruisselets jaseurs où se tord l'anguille et bondit la puce. Des lames de rasoir scintillent, des étrons sèchent et le bernard-l'ermite hésite à coloniser le bigorneau troué. Les palourdes se tiennent à carreau sous des tortellini de vase où, fée des grèves, la vieille Mathilde à jupe noire et varices parme, une pauvresse heureuse, vient les extirper sans pitié, trifouillant avec une demi-cuillère à soupe et jetant son dîner dans une casserole mouillée de cidre, prêt à cuire. Ça et du pain, elle n'a rien d'autre à manger. Les palourdes du port lui reviennent, comme aux enfants reviennent les crabes verts, la gravette aux pêcheurs, les morceaux d'ardoise aux ricochets des fils Couédou, les chiures des mouettes à la vedette blanche du *Ville de Paris*, les samedis soir au juke-box de chez

Sassa, et le sloop *Ninioblo* à moi-même, si j'ai la sagesse d'attendre le bon vouloir de l'oncle Jo, mais je ne l'aurai pas. Déjà le vouloir d'autrui navre le mien. Déjà l'interdit me fait : psitt !

Moi, déjà fugueur, je vais au Crapaud par les rochers. Elle m'intrigue, cette maison-phare entourée d'un clapotis de volailles enragées. Perché sur le blockhaus je contemple l'horizon, le ciel pommelé qui vient du Labrador et d'Irlande, avant-coureur de pluies. Une illusion de mirage oriental anime au loin des villes blanches, des palais, des ponts d'or. Le soleil s'engouffre par les trous noirs du ciel, les enchantements se défont, renaissent. Je veux toucher du doigt les dômes et les minarets, suivre les chameaux qui dodelinent au-dessus des houles, être l'avenir de cette illusion. Mille et une nuits délirent en plein midi.

La mer descend toujours. Une vague se gonfle au large, elle est bleue, violette, elle a des traînées noir et or, elle crève et roule à blanc sur le plateau rocheux des Desléos dans un bruit d'ossements émiettés. De l'air saturé d'iode émane une odeur gavée de sperme et d'œufs accrochés sous les goémons, témoin de l'orgasme perpétuel des mers. À mes pieds croisent la *Jeannette*, ligneur blanc cabossé, la *Girelle*, ligneur plus gracieux, le canot rouge de M. Louar, celui, vert, des Lebreton – une famille hors du commun –, celui des Gourvest, le hors-bord de M. Moël, si fier de sa motogodille d'occasion ; des plates noires bouchonnent à l'ancre au milieu des cailloux. Parfois, l'allure embarrassée d'un ruminant gravide, une gabare, corne dans la passe. Et voici penché dans la brise, ailé comme un oiseau voyageur, le sloop de l'oncle Jo que les Labérois appellent *yak*. Le *yak* à M. Jo. Je dis *yak*, ça fait british. Mon père dit *yote*, il est normalien.

Mes vacances en Cornouaille avaient une force d'éternité, mais cette éternité n'est plus qu'une ruine à son tour. Et si l'enfer n'était qu'une ombre jetée sur ce qui fut promesse, avenir et pulsion ? Si les choses finissaient tout simplement, sans mémoire aucune, sans la tentation de rouvrir les yeux des morts ou de remettre à l'eau des bateaux dont le sel de la mer a rongé jusqu'au dernier clou ?

À l'Aber, j'ose ouvrir les yeux sur un tableau que je crois inviolable depuis toujours, comme les rocs du chenal ou la renverse des courants, ou le coucher du soleil, ou le tic-tac définitif de l'instant, ou les *yaks* de l'oncle Jo, ou le sourire de ma mère, ou le bleu ténébreux dans l'œil d'Henri, et je m'aperçois que, blanche à l'origine, la vedette amirale du *Ville de Paris* succombe à la rouille. La drague a disparu. La gabare, un squelette, élève au ciel un dernier assemblage où se devine à peine l'élan d'un bateau. Je fais volte-face : la maison est vendue. D'ignobles gnomes braillent sur mon escalier et menacent le rôdeur avec une pétoire à gros sel. Dans l'intervalle, j'ai eu trente ans ou davantage. J'ai perdu mon cousin Malo, mon cousin Vincent, ma tante Amatha, ma mère, mes grands-parents, tante Annie, tante Germaine et pas mal d'illusions difficiles à recycler dans une attente heureuse. Loïca ? Elle naîtra bientôt, mais elle est d'ores et déjà condamnée à n'arracher à la vie qu'un amour fou d'absolu qui la perdra et nous laissera brisés, tous. La faute à qui ? Sur cette affaire plane un doute empoisonné.

III

Si longue est la litanie des canots, voiliers, rafiots qui font cortège à l'histoire de ma famille que je me demande à quel saint pervers, sans nom, nous vouions inexorablement cette passion d'errer et de nous traîner ailleurs par la peau du cou, sur d'autres mers, en d'autres temps.

À huit ans je m'emparai d'une plate et godillai jusqu'à Ouessant, comme un forcené prêt à mourir pour un bol d'air libre. Je passai la journée sur l'île à vadrouiller.

Je vis la lutte à mort entre l'Atlantique et la Manche, et comment des vagues peuvent chercher à tailler la mer en pièces, à s'étriper sous l'œil d'un arbitre indifférent qui prend volontiers sa part des coups : le phare de Nividic, court sur pattes, gueule de molosse. Dans ce désert d'écume et de bruit, câbles ballants, les pylônes immergés de la force électrique se détachaient sur l'horizon comme des gibets. Et moi, transi, gibier de potence, j'imaginais fasciné ce que mon regard d'enfant saisirait d'ultime et d'irrémédiable si j'y étais, là-bas, au-dessus des vagues, pendu, châtié. Après la violence de Nividic, la douceur de la baie de Lampaul au crépuscule émerveilla le gamin fugueur qui tremblait de remonter dans sa plate et de braver à nouveau les sept mers du chenal pour regagner l'Aber. J'allai aux gendarmes. Une bonne sœur me servit un vin chaud à l'infirmerie. Retour d'Ouessant, j'eus affaire à mon père. « Ça commence », dit-il à ma mère. Il ne croyait pas si bien dire.

Cette première fugue au large sur laquelle je refusai de m'expliquer, incapable d'isoler un mobile et plus encore d'en parler – malgré la fessée, la chambre noire, le jeûne et la confession –, ne fit qu'aviver chez moi le désir de larguer les amarres.

De l'oncle Jo j'étais le neveu préféré, il était mon plus cher parent. Mon idole. C'était moi qui faisais briller les cuivres du *Ninioblo*, sa merveille, un sloop australien de quarante pieds. C'était moi qui lovais les aussières, pliais les voiles après les sorties en mer, vérifiais la tension des haubans, graissais les winchs, moi qui calfatais, bricolais, surliais. J'étais le rampant du bord, et tout bas j'enrageais. Mon oncle, yachtman accompli – espadrilles blanches et pantalon blanc, couteau dans la poche, lunettes assurées par de la ligne à thon, Breitling, au poignet –, manœuvrait le sloop sans aide aucune et n'invitait personne à l'accompagner.

Il me dit :

« Bientôt le *Ninioblo* t'appartiendra. Je suis trop vieux pour naviguer. Je te donnerai aussi mes lunettes et mon couteau. Ne t'avise pas de sortir le bateau d'ici là.

– Non, mon oncle.

– Sois patient.

– Oui, mon oncle.

– Si jamais tu désobéis, nous serons ennemis.

– Bien mon oncle.

– Et je te tuerai. »

Le sloop est au fond de l'eau ; je l'ai flanqué sur les cailloux après une escapade aux Sept-Îles, via divers patelins dont Ploumanac'h où Sienkiewicz écrivit *Quo vadis ?* Bonne question. J'avais compris à temps que l'oncle Jo ne renoncerait jamais au *Ninioblo*. Mort, il voudrait encore y loger sa dépouille en espadrilles et pantalon blanc. Et mon rôle, le jour des obsèques, se bornerait à renseigner les pompiers sur les vannes à ouvrir sous les caillebotis pour saborder ce sloop changé en urne funéraire arrosée d'hydromel. Merci bien !

Je sortis du port au moteur, la nuit. Au Lieu j'envoyai grand-voile et foc, et le vent m'emporta dans son antre ; une brise côtière ramenait vers moi les violons d'un fest-noz. Le sloop filait avec des froufrous qui me donnaient la chair de poule, le compas brillait. J'avais l'impression de m'enfoncer dans une huître géante, l'ouest, elle se refermait sur moi pour me sauver des griffes de l'oncle et du péril de grandir. J'ai quatorze ans. Désormais je vis seul à bord de ce coursier penché dans la nuit limpide, environné d'astres couleur de perle, et rien ne peut m'arriver.

Cette nuit-là fut une exquise divagation. Je doublai d'un même élan le phare du Four, le phare de la Vierge, le phare de

Pontusval, l'île de Batz que je pris pour le Grand Jardin. Je confondis la baie de Morlaix et la baie du Mont-Saint-Michel, je confondis le ciel et l'océan, le rêve et la vie, moi-même et l'oncle Jo. Quand le jour se leva sur des îles, je crus arriver dans la Caraïbe. Je m'attendais à des crocodiles et des coloquintes : ce furent des pingouins qui m'accueillirent. Ils parlaient entre eux.

Sont-ce vraiment des îles ? Sont-ce des mirages, au nombre de sept, comme les nains du conte ou les épées de mélancolie ? Les Moines, Rouzic, Maliban, les Plates, le Cerf, les Costans, la septième j'ignore son nom. Jadis les pirates y déposaient leur butin, les moines y tournaient la corde et la femme adultère y cachait ses amours. Elles sont vides aujourd'hui, rendues à l'océan. Je mouille dans une anse de sable ;

je quitte le bord à la nage ; à terre les pingouins me font fête. Sur les rochers frémissent des milliers d'oiseaux. À mon insu je suis à l'île Rouzic, un sanctuaire de l'avifaune interdit aux migrateurs humains. Une brise tiède me souhaite la bienvenue. Que j'aime le vent, langage du monde auquel la langue aurait été coupée. Repartir d'ici ? Jamais. Il y a des vivres sur le sloop, des lignes et des bidons d'eau douce à profusion ; il y a des poissons dans la mer et de la vigueur en moi. Je m'endors au soleil en me rêvant Crusoé. Passent les heures et passent les semaines.

C'est à Bréhat où je me rends un jour, attiré par cette ombre bleue portée sur l'horizon, que l'odyssée tourne à ma confusion. Arrive à moi cabrée par la vitesse, une vedette des Affaires maritimes. Debout à l'avant, pantalon blanc et lunettes noires, effroyablement grand, l'oncle Jo me fait des signes, et des reflets jouent sur sa montre. Je lance le moteur du sloop et, tel Jean-Marie Furic entraînant la flotte anglaise au péril sur les écueils des Glénans, j'essaie de semer les autorités en me faufilant par les entrelacs rocheux de la Moïsie, sous le grand phare des Héaux dont la passe est un secret pour moi. Je ne vais pas loin. Une tête de roche à fleur d'eau perce l'acajou du sloop et la mer envahit les fonds. Sauve qui peut ! Je nage en direction d'un rocher couleur de fraise. Je suis au pays du granit rouge. Un goût de sang me ferme les yeux.

IV

Loin d'avoir pitié du rescapé, d'estimer que j'avais tout de même eu l'audace, à quatorze ans, d'emmener galoper au large un pur-sang dont mon oncle seul avait la maîtrise, la tante Amatha brandit son pouce à la romaine et le dirigea vers le sol. Pas de pitié pour les naufrageurs. À bas les adolescents qui donnent du fil à retordre aux aînés jaloux. Il y eut une messe d'expiation ; je dus prier pour mon âme entre mes deux censeurs. Ma tante avait son chapeau noir à voilette orné de cerises. Elle ne décolérait pas, les yeux démesurément pâles, des clignements de colombe effarée. Elle m'en voulait à mort d'avoir vu l'île aux pingouins, elle qui se flattait de connaître par cœur les îles de Bretagne, alors qu'elle espérait seulement les découvrir un jour et pérorer au repas du 15 août en présence du recteur, son amour inavoué. En fuguant sur le *Ninioblo*, je faisais d'elle une vieille fille outragée. Quatorze ans et connaître sur le bout des ongles l'art du sacrilège ! De quoi parles-tu, ma tante ? La misogynie. Elle ordonna que je retourne à mes canots, à mes rames. À l'avenir je limiterais aux eaux du port mes évolutions et mes rêves. Quant à l'oncle Jo, il me convoqua au manoir après son petit déjeuner, dans un décor pantagruélique de festin matinal, coupes de fruits, saucissons, viennoiseries, corn-flakes. Il m'offrit une bolée d'eau fraîche : fraîche et salée comme la marée haute où elle venait d'être puisée sous l'église, au cimetière des voiliers.

– Chose promis, chose due, me dit-il, c'est la dernière fois que je t'appelle p'tit frère.

C'est ainsi qu'il me tue. Car le bruit de cet anathème jeté par ce héros me lacère la gueule ; je me mets à rêver d'un tour du monde en solitaire. Et je garde mes pleurs pour moi.

Les choses auraient pu en rester là si ma tante Amatha, réservoir inépuisable de spiritualité gnangnan, de doute et de nuances théologiques à la noix, avait cru mon repentir sincère. Il ne l'était pas, elle en avait l'intuition. La mauvaise foi redoubla mon crime. Elle persistait à se sentir bafouée. À travers elle, je faisais injure à la religion comme à toutes les vieilles filles de bon aloi. Elle parla de « consulter », ce qui dans sa bouche pouvait signifier prendre l'avis du recteur ou se faire masser le dos. Une créature amère et bornée, ma tante, illuminée par le sentiment religieux. Elle rédigeait un journal intime à haute altitude où des mots comme *eschatologie*, *parousie*, *transsubstantiation* émaillaient un essai critique sur le jugement dernier. Être jugée, oui ; par Dieu, non. Celui qui vous aime ne vous juge pas.

À peine eus-je coulé le *Ninioblo* qu'elle mit en chantier, à soixante-dix ans passés, le *Saint-Brendan*, un esquif de cuir au nom du moine irlandais parti répandre le message évangélique au péril des mers. Elle vendit ses bijoux pour l'équiper. Dans une grange du Gour-Bihan, deux années durant, elle cousit des peaux de vache, encolla des lattes, touilla du coaltar, toronna du chanvre, équarrit des troncs, emplit des sacs de sable et tira des plans sur la comète, entourant du plus grand secret la préparation du module qui devait l'emmener aux îles jamais vues. Car telle serait sa quête à l'avenir : les îles, ces ermitages piqués dans l'eau pour l'assomption des femmes libres comme les anges. Sa quête hélas allait s'effondrer.

Je la suivis en voyeur à bord du *Diz-Kuiz*, le cotre dont mon oncle avait oublié l'existence dans une vasière de Lampaul.

Loin d'aller d'abord à Tombelaine, en baie du Mont-Saint-Michel, sur les brisées du dieu gaulois Bélinos, son aïeul, Amatha commença par l'île Melon devant Porzmeur. Je la vis écoper frénétiquement un *Saint-Brendan* qui se dégonflait comme une outre percée. Elle m'échappa les jours suivants, j'en profitai pour dormir.

Un matin, le vent fort me chassa vers la Pointe du Raz. La mer est énorme sur les rochers sous-marins. C'est une gelée translucide et vertigineuse où le regard se laisse happer comme s'il voyait l'œil ouvert de la conscience : des fougères noires, un chapeau du dimanche à voilette, une bouche immobile aux dents de fleur, et les miettes étincelantes du petit Poucet. Où donc est ma tante ? Prisonnière de quelle vague ? Le soir touchait à sa fin dans une clarté d'orage et d'or. Depuis je n'ai rien vu d'aussi délicat sinon la beauté des femmes, la naissance de mes enfants, les canyons du Colorado, les fjords du cap Nord, sinon l'abbaye du cap Spichel au clair de lune, quand les squelettes y font la ronde et ranpataplan. Je louvoyai sous la falaise. La pointe empourprée de bruyères se dénudait et s'effilait vers l'océan. Herbe odorante, brûlée, rougie de fleurs. Derrière moi l'Europe et l'Asie pesaient de tout leur poids. Devant, la mer était d'un anthracite à brillances verdâtres, la houle miroitait ; le phare de la Vieille avait l'air d'une porteuse de faux guettant sa proie parmi les rayons rasants du soleil.

Dix jours plus tard, je retrouve ma tante à l'île Noire en baie de Morlaix. J'amarre le cotre au *Saint-Brendan*. Je monte à bord de cette vessie qui sent l'acétone et l'étable, et dîne avec appétit d'une côte de porc à l'extrait de café. Ma tante a maigri. Elle natte à la gauloise ses cheveux gris. Elle n'a plus toute sa raison. Elle dit avoir découvert grâce à moi le sens de la vie : « Arthur, notre roi, sa quête est aujourd'hui mienne.

– Et si tu rentrais ma tante ?

– Tu n'es pas sérieux, j'ai passé l'âge d'obéir. »

Nous parlons beaucoup. Gaieté frivole, superficielle. Nous nous séparons sans être amis. Je ne la vois plus durant deux ans. « C'est une personne très entière, dit l'oncle Jo. Elle est sûrement dans une secte. » Quand le hasard nous rapprocha un soir de chandeleur, nous étions ancrés à l'île d'Aval. Elle me pria de déguerpir. Je profanais le temple naturel où les chevaliers viennent écouter la parole d'Arthur. Voyons ma tante, Arthur c'est moi, dis-je pour l'amuser. De rage, elle saborda le *Saint-Brendan* pour se noyer, en brandissant tel Raspoutine un signe de croix.

V

Au *Diz-Kuiz* et au *Saint-Brendan* succéda le *Vahini*, un vaurien, le 1607. Au *Vahini* succéda lc *Ganit*, un Ufa Fox 25 auquel succéda le moth *Tomi*. Au moth succédèrent un snipe, un sharpie, un grondin suivi du *Tango panaché*. Il y eut *Boucan*, le dinghy d'Amsterdam qui me fit gagner le trophée d'Argenton. Il y eut *Sam*, un Pricken d'Helsinski sur lequel je me cassai le nez, il y eut une goélette, un ketch – une banqueroute hors pair, le

Liberté, s'il vous plaît ! –, un Frers, un Olonnois qui vit les couleurs du Fastnet, un Tudy qui passa le raz de Sein par mer blanche un soir de fin du monde, et bien sur le *Ninioblo.* Bateaux nobles, bateaux loups de mer, bateaux mordants : nos bateaux-lavoirs furent aimés aussi, nos radeaux, cageots, plates, coques de noix jamais vidées, mal entretenues et mal attachées, signalées un jour au fond de la rivière, un autre du côté du rail d'Ouessant parmi les pétroliers cassants comme du verre. Mais encore ?

Il y eut le *Budoc*, une barque à rames achetée d'occasion. Malgré sa bonne assiette apparente, elle aurait pu nous valoir une mention remarquable au mémorial des péris en mer. Un après-midi, je vis l'arrière du *Budoc* se détacher aussi nettement du bateau que la croûte renonce à la plaie cicatrisée. Il est alors échoué sur la cale. À mer montante, il se laisse évidemment submerger. Requiem pour un canot construit en mauvais bois par un pêcheur que mon grand-père n'osera pas attaquer en justice. Après un an, le pêcheur voulut racheter l'épave au prix du bois. S'en fit un poulailler. Le poulailler flamba : les poules avec leur maison. Immanence !

Il y eut le *Miserere*, dit bateau de grand-mère, et pour moi d'arrière-grand-mère. La syllabe finale effacée par l'air salin, l'épave s'appelait *Misère*. Je ne l'ai jamais vu flotter, pas plus que je n'ai connu ma grand-mère ingambe et de force à canoter et marivauder. Le bateau reposait sous un cèdre au fond du parc de Kerandran, retourné sur un lit de brindilles, pierre tombale d'un chien loup mythique et méchant. Je me demande aujourd'hui si tous ces vieillards obsédés par des barques où ils ne montaient que le jour du pardon, la mer étant sans onde aucune, écrasée par le zénith, ne l'étaient pas davantage par le cercueil où ils devraient embarquer bientôt par tous les temps.

Il y eut le *Truc*, un monotype de Chatou sur lequel ma tante Amatha prétendit traverser la Manche en solitaire, moins pour la beauté d'un exploit naval que pour attirer l'attention des pouvoirs publics sur la nécessité de ravir aux Anglais nos îles normandes en vue de les celtiser sans délai. Arthur, sa quête est mienne.

Elle chavira dès la sortie du port. Fut recueillie par les gabariers de l'*Aviateur Mermoz*. Que ne laissèrent-ils une fortune de mer éluder sereinement cette folie corps et biens. Ils nous la rendirent passablement éméchée.

Il y eut la *Grignouse*, une barquette en plastique idéale pour s'entraîner au naufrage. Mes cousins et moi jouions à la submerger. Au top chronomètre, l'apprenti naufragé devait couler la *Grignouse* au plus vite et battre le record d'engloutissement du précédent cousin. Le vainqueur remportait un tube de lait sucré. Bruit de succion, la nuit, dans la grande maison.

Il y eut la *Sardine*, un bateau de pêche vert absinthe, une relique à flots qu'un antiquaire aurait acquise à prix d'or avec

Job, son capitaine, un forban dont la main gauche était restée collée par le gel dans la mâture d'un cap-hornier. La *Sardine* avançait au moyen d'un moteur de Juva 4, une moulinette à essence habillée d'un coffrage en bois d'où sortaient des tuyaux brûlants. Ma mère s'y brûla. Un fil de fer permettait d'activer la carburation. Seul Job savait titiller la bécane, à quatre pattes au fond du bateau, les yeux en plein rêve. On aurait dit qu'il essayait d'amener au plaisir une bestiole en fer. À la longue, une plainte s'élevait du moteur et se faisait teuf-teuf. Le régime retrouvait sa régularité, le bateau sa vitesse de croisière, l'instant sa fuite. C'était la belle époque des virées aux îles et de la pêche à la crevette considérée comme un des beaux-arts. Et mon père le formulait tout simplement : belle époque, belle vie, sachons-le, ça ne dure pas.

Job, hercule sexagénaire à une main, capitaine à tout faire de la *Sardine* et maître à bord de son ménage autant que peut l'être un buveur terrifié par son épouse – une sibylle aveugle, un odorat miraculeux, un nez que faisaient vibrionner les mensonges avinés du mari –, Job était un ancien du bagne. À trente ans, un soir de pardon, il avait violé l'ancêtre du village à domicile, une demoiselle, au su et à l'ouïe des villageois massés devant la porte fermée – Fais pas ça, Job ! Fais pas ça donc ! Après tu vas regretter. Quand les pompiers arrivaient le crime était consommé, l'ancêtre était femme et Job mûr pour aller casser des pierres à Cayenne. Il y resta quinze ans, fut muté à Queménez, île de pénitence entre Béniguet et Molène, et finit de purger sa peine en solitaire, à la fois convict et gardien. L'Aber lui manquait. Par-dessus la mer Job devinait les contours du pays natal où Marie l'aveugle attendait son homme ; il obligeait les pêcheurs et les visiteurs à lui raconter la chronique en échange d'un lapin braconné. N'en pouvant plus, quitte à se noyer, quitte à retourner en Guyane, il débarquait à l'Aber deux fois l'an, la nuit, comme les saints d'Hibernie qui se radinaient sur des auges, des flotteurs de cuir, des rondins encordés, des bidons, des carcasses de mulets. À la première aube il regagnait son île.

Libre, il épousa son aveugle et l'installa dans une roulotte au Tromer, le terrain communal réservé aux forains. Un an plus tard il retournait devant les tribunaux, attaqué par le directeur du cirque bolognais Zéphyrian. Job avait assommé l'animal vedette, un lion bruyant qu'il était allé corriger dans sa cage à coups de balai. Le lion avait mal aux dents ? Marie mal aux yeux, et elle souffrait sans gueuler. Ensuite, il devint quelque temps marin pour l'oncle Jo. Son épouse avait du flair : il avait une ouïe d'accordeur. Au large, il n'était jamais perdu. Un diapason le tirait vers l'Aber par les plus mauvais temps. Il ne coupait pas la brume au couteau ; il tendait l'oreille et devinait les chenaux dans le livre fermé des amers. Il se repérait au bruit des vagues sur d'invisibles rochers, à la rumeur des houles battant les grèves abolies : Blancs-sablons, Gouérou, Télégraphe, Lampaul. Il engageait la *Sardine* entre les récifs et trouvait naturel d'arriver au café du Chenal ou chez Sassa, l'oreille enfin charmée par le tintement des verres et le glouglou des breuvages.

Quand mon oncle dut renoncer à ses services, Job avait giflé la tante Amatha et menacé de refaire à ses dépens le coup de l'ancêtre, la prochaine fois qu'elle déformerait grossièrement son nom, soi-disant par étourderie.

À la *Sardine* succéda le *Saint-Pabu*, un canot qui n'eut pas l'heur d'être aimé par les chefs de famille, bien qu'*a priori* désiré par tous avec acharnement. L'intersigne était contre lui. Deux jours avant livraison, le charpentier se fait agresser dans son van par un faucon qui lui crève les yeux. Il meurt en quelques minutes. Livraison reportée à l'été suivant. Au mépris des augures, le canot ne s'ouvrit pas au large, il ne s'y passa rien de violent ni de scandaleux quoiqu'il fut raconté là dessus. Certains y trouvèrent pour de bon le plaisir de la ramc, d'autres en firent une cellule de conjuration familiale. D'autres encore un havre d'élévation sexuelle et de recueillement partagé sous les banquettes. Pour les aînés, dont les puissantes jumelles de marine contrôlaient tous les plis et replis du port, mais pas la rivière, le *Saint-Pabu* fut une énigme aussi détestable qu'un bubon.

Quant à moi, je l'équipai d'un gréement composé d'un manche d'épuisette et d'une cabine de bain en éponge, comme autrefois les utilisaient femmes et messieurs férus du respect humain. À la godille, j'amenais le *Saint-Pabu* jusqu'à l'entrée du goulet, contre le noroît qui faisait écumer la vague de seuil. Demi-tour, je déployais la serviette-éponge qui avait vu dans leur simple appareil mes jolies tantes et cousines, et le *Saint-Pabu* volait sur les eaux. Une rame en guise de gouvernail, j'imaginais les filles du village, celles de la boulangerie, de l'épicerie, du café du Port, du Tromer, de la rue Morvan, je les imaginais attroupées sur la cale, enamourées en diable, un babil de prédilection aux lèvres : « Lui, lui seul, rien que lui, toujours lui. »

Mon grand-père décida que le *Saint-Pabu* méritait mieux qu'un tel accoutrement. De la carpe il fit un lapin : d'un médiocre bateau à rames un lamentable voilier. Il commanda une vraie mâture de croiseur.

J'ignore s'il devint fou, mais quelque chose se brisa dans sa belle tête de scientifique honoré, décoré, académisé. Il fit une crise de possession devant le *Saint-Pabu* sous voiles. C'était *son* bateau. Il l'avait payé, non ? N'avait-il pas inventé jusqu'au Viandox pour gagner l'argent nécessaire à son achat ? À lui d'étrenner la voilure, et de l'étrenner seul. Aux jumelles, je le vois à l'arrière du bateau, le gouvernail dans une main, l'autre main sur sa canne, très droit, coiffé d'un magnifique chapeau noir comme il en met pour se rendre à la messe, à l'Académie de médecine, ou tout simplement pour aller acheter ses Gitane maïs filtre chez la veuve Lamé. Tourné vers l'avenir, la barbe bien taillée, il attend que le vent se lève. La voile neuve brille et faseye mollement au-dessus d'un bateau qui n'avance pas. Il n'avance pas, non. Il part en marche arrière au fil du courant. Il disparaît à reculons dans la rivière, l'avant fièrement pointé vers la sortie du port. Il faudra le faire remorquer.

L'après-midi, grand-père engage deux équipiers : mon cousin Yves et moi-même. La mer monte et la marée profite au vent, c'est bien connu. Je n'en mène pas large. S'il tombait à l'eau, grand-père ne nagerait pas. C'est un vieillard beaucoup trop distingué pour se débattre ou pour appeler au secours. Il sombrerait telle sa propre statue, sans quitter son chapeau, sans pousser un cri ni lâcher sa canne, et se poserait debout sur le fond. Sacrédié. Quelques bulles s'élèveraient de ses larges narines avant qu'il ne ferme les yeux. Nous autres les survivants n'en finirions pas de verser des pleurs. Pauvre de lui, de nous. La vie !...

Ancre hissée, le bateau prend le vent. « Merde ! » crie mon grand-père avec stupeur. Il a beau mettre la barre à gauche, le *Saint-Pabu* va droit sur la *Girelle* que nous frottons au passage avec un bruit sinistre de bois déchiré. Nous sortons du port malgré nous, dans un voilier non manœuvrant que grand-père affecte de diriger à son gré. Il est muet, nous aussi. Devant l'île Melon, un goémonier dérive au milieu des laminaires. Le patron lève sa faux pour nous saluer. Nous passons le phare du

Four, Corn Caraix, l'île d'Yock, le vent nous emmène à Portsall où, quelle chance, la mer est pleine. C'est peu dire que nous arrivons : nous déboulons. Un miracle nous fait passer entre les bateaux au mouillage sans les toucher. L'instant suivant je vois grossir à vue d'œil la cale neuve, un bloc de béton qui descend droit dans la mer. Mon grand-père se démène en vain sur un gouvernail de pâte à modeler. J'éprouve un sentiment de curiosité gourmande, mêlé d'effroi, à l'approche de cette collision certaine entre barque et parpaing. Gare à la fable ! Et puis Yves et moi nous nous jetons sur les drisses, et dans une espèce de lâchez-tout catastrophique, nous supprimons la cause de cette panique muette : l'immense voile amoureuse du vent. Suite à ce patatras le bateau perd son élan, réagit à la barre et nous virons de bord à temps. Deo gratias.

Sous des faseyements d'archange, le *Saint-Pabu* restera une jolie barque vernie plus douée pour les ondes fluviales et pour l'hébergement des idylles que pour la haute mer. Un jour il sera vendu une bouchée de pain ; un jour amené sous les églantiers de l'église où il restera. On n'en parlera plus. Allah est grand.

à la nature et nous verrons de bord, l'emp[illegible]
bien grand.

Nous dit la [illegible] Français d'aujourd'hui [illegible]

« Pour rester une jolie barque [illegible]
[illegible] pour les [illegible] et pour
l'intervention des [illegible] que [illegible]
mer. [illegible]
point, [illegible] tous les [illegible]
[illegible]
plus Allah est grand. »

VI

Souvenirs, voiliers fugueurs. Au fil des étés, je les ai tous vus s'éloigner dans un songe impossible à retenir. Tant de bateaux dont m'obsèdent les carcasses rongées par le sel, blanchies par les mouettes, visitées par les pillards, colonisées par les gosses, tapissées de brindilles, occupées par les guêpes, envahies par les mûriers, sucées par la vague, empuanties par les rôdeurs. Ils ornent les grèves où ils finissent toujours par s'échouer quand les destins ont fini leur course. L'hiver ils sentent la pluie, le champignon, l'été le parfum musqué des vieilles cendres. Ils restent couchés côte à côte, semblables à des fantômes, enlaçant d'étreintes vides les marins débarqués, autres fantômes. Ils ne prendront plus la mer, le vent, la nuit, l'horizon ; ils ne sont plus ni départ ni retour. À Lampaul rêvent les gabares désarmées ; à l'anse Styvel les goémoniers, puissantes barques noires goudronnées que des marins paysans – les pigouyers – chargent à la fourche de laminaires à reflets d'émail ; sous les ronciers de l'église pourrissent des voiliers bâchés dont les propriétaires ont fait faillite au cours de l'année quand ils ne sont pas morts, cette armada symbolisant un jour la fin d'un âge d'or familial qui pour moi dura dix-huit ans. Saison parfaite, éternité volage où mourir sera la fatalité d'autrui, le lot d'une planète étrangère à mon paradis breton.

L'Aber, histoires de mer. Un Lampaulais fait mettre une gabare en chantier, la *Jeune Adèle*, le nom même du bonheur. Il épouse Adèle, oui, bientôt. Le jour de la noce est d'abord le jour du lancement, le baptême de la gabare pavoisée. On brise une bouteille sur la barque neuve après qu'elle a touché l'eau. On se rend à la mairie pour le oui des épousailles : la fiancée dit non. Adèle ne se marie plus. Le bateau ne recevra ni mât ni voilure, il ne franchira jamais la sortie du port, ne sera pas revendu. Il pourrira sur la grève devant chez moi ; les villageois n'oseront pas utiliser son bois.

Telle fut la triste et *Jeune Adèle*, un vaisseau mal aimé, répudié, la quille enfoncée dans la vase, l'étrave tendue vers l'océan. Une épave, oui, mais aussi le bonheur des marmots jamais las de venir jouer les patrons sur ce pont terreux, herbu, dans cette coque en chêne devenue passoire, où de gros clous à tétanos vous traversaient les pieds.

Histoires de mer, histoires de fous. À Lagos des cargos venus livrer du ciment se transforment sous l'effet de l'humidité en gigantesques blocs paralysés. Les enfants du pays en font des orphelinats sauvages aux mains des plus grands.

Histoires de mer, belles histoires. Un capitaine de port à l'île de Groix : Bastien. Un cargo naufragé sur cette île : le *Sanaga*. Chaque soir Bastien descend au port haranguer les plaisanciers dans son porte-voix. Pour finir, en guise de bonsoir, il dit un poème. À côté de lui, un mouton désabusé quant au lyrisme attend sagement la fin du numéro pour suivre son maître au Café du Port. Après quelques rosés, Bastien remonte sur sa mobylette, lance à plein mégaphone un dernier bonsoir à l'univers, puis, le mouton trottinant devant ses roues, il rentre chez lui. Personne alors ne donne cher de sa peau, qu'il aille dans le décor ou qu'il arrive entier jusqu'à son épouse.

Le voici racontant l'histoire du mouton, son alter ego : « J'étais rentré tard à la maison, ce jour-là. Ma femme était couchée, le drapeau noir flottait sur les oreillers. Hôtel du Cul tourné. Pas un mot, qu'elle me dit. Je me dis : "Ferme-la, Bastien, va pas ronfler, fais le mort."

J'entends un bruit bizarre au loin. Je sors. Des étoiles partout, pas de vent. Qu'est-ce que je vois sur la plage devant chez moi ? L'ombre d'un cargo tout allumé, feu rouge et feu vert, feu blanc. Il ne risquait pas de bouger vu qu'il était au sec, le moteur tournait. Je descends ma plate à l'eau. Je m'approche du voyou. Il était si penché qu'on pouvait monter à bord par le flanc. Je grimpe et qu'est-ce que je vois ? Un nègre tout nu, un parapluie ouvert à la main. Déchaîné, le type ! "Orly, Orly !" qu'il criait. Je réponds : "Orly quoi ? – Orly ouest" il me dit. "Orly mes fesses" je lui dis. Et voilà qu'il se jette à l'eau, mon nègre, avec son parapluie toujours ouvert et sa valise. Et qu'est-ce que j'entends ? Des moutons bêler ? Il sont des centaines à escalader le bastingage et à se jeter à l'eau. J'arrive à la timonerie. Je tombe sur deux zigomars d'officiers qui font mumuse avec les appareils allumés. Y en a un qui tient la barre et fait semblant de suivre un cap, y a l'autre il mâchouille son crayon, les yeux sur le radar. Et sous leur nez y a quoi ? Ma maison. Tout juste si l'on voit pas ma femme au lit, tout juste si l'on voit pas le rouleau à pâtisserie dépasser de dessous l'oreiller. "Messieurs, que je dis, je suis heureux de vous souhaiter la bienvenue dans mon jardin." Ils commencent à gueuler sur moi dans je ne sais plus quel javanais. Pas le temps de rigoler. Derrière nous le *Sanaga* se met à flamber. Je fonce à ma plate et sauve qui peut ! Dans la nuit j'entends la bouée sifflante et des bêlements par-dessus la bouée. Sous la lune, qu'est-ce que je vois ? Un mouton qui nage vers l'ouest. La bouée sifflante sifflait et ce gros idiot lui répondait comme s'il arrivait au paradis des moutons. Il bêlait, la bouée bêlait, si ça continuait j'allais moi aussi faire le mouton. Je lui passe une amarre sous les gigots. Je le ramène à la rive où ma femme en chemise de nuit nous attend toute mignonne, affolée ma poupée, un petit sourire gentil. Voilà comment ça s'est passé, pour Panurge. Il a sa niche à l'entrée du jardin, celle de mon chien qui n'est jamais revenu. Maintenant, mon chien, c'est un Panurge. Le vrai toutou. »

Les Groisillons passent pour avoir désossé l'épave du cargo venu se rétamer comme un fait exprès sur leurs brisants.

J'ignore si les assureurs, attendris par la fin tragique des moutons, ont payé l'armateur ou l'ont fait mettre en prison.

Histoires de mer, histoires hors du temps. Crab, un Labérois, plonge de nuit sur les naufrages signalés par les portulans d'autrefois ou les archives des mairies. Il traficote avec l'oncle Jo qui le laisse éplucher au manoir liasses moisies et autres cartouches provenant d'amirautés révolues. Part à deux s'il fait fortune. Crab est un original dont le violon d'Ingres se joue sous la mer à bord des grands navires engloutis. Les jours fastes il rapporte un bout d'assiette, un crâne, un peigne, une clé. Le soir où je l'amène au moteur au large d'Ouessant, il veut s'approcher du *Drummond-Castle*, un paquebot anglais coulé depuis un siècle par cent vingt mètres. Aucun plongeur n'y est allé, découragé par la profondeur, le froid, les courants, l'obscurité. Depuis sa mort sans SOS, le *Drummond-Castle*, n'a livré qu'une bouée de sauvetage et sa pomme de mâture aux grappins des garde-côtes.

Crab doit descendre en dix-huit minutes s'il veut en consacrer sept à l'épave, au plus, sauf à rejoindre les passagers derrière les hublots. Il fait nuit quand nous arrivons au lieu présumé du naufrage. Le chassé-croisé des grands phares encercle la mer. Tout près, la bouée du haut-fond, luciole rouge à peine visible. Crab enfile sa combinaison rapiécée, ses palmes, sangle les bouteilles, enjambe la filière et disparaît dans la mer avec un plouf irréel de Mohican. J'ai le cœur serré. Si dans vingt-cinq minutes il n'est pas remonté je descends le chercher. Le *Drummond-Castle* pourrait bien héberger ce soir deux passagers clandestins.

Cependant Crab est dans la nuit noire d'un naufrage qu'il a peut-être rêvé. Il palme à contre-courant, il grelotte. Il réserve sa lampe-torche au paquebot, mais l'épave est rongée par le doute, il n'existe rien dans un tel coma. Combien de temps lui reste-t-il ? Aucun. Il a dépassé d'une minute le délai d'immersion. À Dieu-vat il presse le bouton de sa lampe et là stupeur : auréolé, spectral, allongé sur les sables verts d'un Sahara subaquatique, apparaît le flanc du paquebot tel que personne ne l'a revu depuis sa dernière escale à Santiago du Chili, le 10 décembre 1896.

Bouleversé, Crab pénètre à l'intérieur par un hublot, il amarre un câble autour du premier objet qu'il attrape, ressort et, bâclant ses paliers, remonte à la surface. Je le récupère accroché à la bouée du haut-fond. Il est sans forces, incapable de parler, j'ai l'impression d'un cosmonaute ayant vu les Martiens. Plus tard, nous hisserons au moyen du treuil un énorme ustensile de métal jaune où le nom du paquebot, DRUMMOND-CASTLE, apparaît en lettres de majesté : nous venons de repêcher un trône hygiénique de première classe.

Histoires de mer, histoires de familles. Nos bateaux voguaient, espéraient des îles, des retours. Sur les photos on les voit fendre la mer comme si l'instant les portait encore. Et tout cela se passe à l'Aber, au grenier, il y a fort longtemps. Quant aux aïeux défunts des albums, dont les lettres jaunies sont aussi conservées dans l'osier des malles, et dont les vêtements imprégnés d'antimite font le bonheur des enfants les jours de kermesse, ils enluminaient ma rêverie, moins incarnés que les fleurs aplaties des herbiers. Et puis l'ombre s'allonge à nouveau. La terre s'ouvre et les cercueils sont plongés dans le noir. Survivants et bateaux perdent leurs attaches et partent à la dérive. Les maisons comme les souvenirs se mettent à vaciller, celles-ci revendues, ceux-là relégués pêle-mêle entre mémoire et remords, là où le temps ne peut plus me séparer des miens.

Reste mon père, Henri, le seigneur de l'Ouest. Il se lève, ses yeux bleus étoilés de chagrin. La vie suit son cours. Il aime tant la vie.

[illegible] des abymes, dont les [illegible]
[illegible] pour aussi conservées dans [illegible]
ces maillots, dont les vêtements [illegible]
gnés d'ordinaire [illegible] le [illegible]
enfants les jours de kermesse : ils s'étaient
[illegible] réveillé, nous [illegible]
leurs [illegible] des [illegible], et [illegible]
[illegible] à nouveau. Le [illegible]
[illegible] plongés dans [illegible]
[illegible] parents perdent leurs [illegible]
[illegible] les maisons [illegible]
[illegible] à veiller [illegible]
[illegible], ceux-là [illegible]
[illegible] et [illegible], la [illegible]
[illegible] des [illegible]

Kerremon père. Il [illegible]
[illegible] il se lève [illegible]
[illegible]. La vie suit son cours [illegible]
car la vie [illegible]

VII

Mon père avait des semelles de vent. Il voyageait aux frais d'une princesse appelée Sven Nielsen, son éditeur, qui le bichonnait aux époques du succès. Il arrivait des Kouriles en bathyscaphe, à peine mouillé. Il semblait revenir de partout – du Chili, des Kerguelen, du cap Horn, Nossi-Bé, Zanzibar, Veracruz, Sfax, Bahía Blanca, Bornéo, Guayaquil, Toronto, Manaus, Port-Saïd, Tristan da Cunha, Frisco, Pouloupry, Batoum, Funchal,

Saint-Malo, Bréles, Lobito, Landivisiau, Libreville, Saint-Paul-de-Loanda, Ruscumunoc, Montserrat, Maracaïbo, Folgoët, El Ateuf, Pontique ou Ghardaïa, Saint-Paul-de-Léon, Landunvez, Trémazan, la Désirade ou Santos, mais aussi bien la Goutte-d'Or, Raspail ou le Mont-Valérien. La clé tourne dans la serrure, il est là, glorieux, les joues bien fraîches ; il a ses chaussures de flic, sa valise en peau de porc à clous de cuivre, bariolée d'étiquettes ultra-marines. Il embrasse ma mère au front. Mon amour. Il embrasse au front ses enfants. Mes enfants. Il est pressé. Il ne reste pas. Le temps de poser sur les radiateurs divers coquillages ou des utérus de morues déshydratés, le temps d'ajuster son béret basque et le voilà parti remorquer les pétroliers en mer du Nord sur le *Jean-Bart*. Il est au cap Horn, en mer de Chine, il nage au milieu des murènes, nos sœurs d'après saint François ou saint Maël, le Celte qui pensa bon d'évangéliser les pingouins. Il se rétame en motocyclette à Mont-de-Marsan, se cuite à l'est du Labrador avec le capitaine d'un cargo allemand qui finit par avouer, entre deux derniers schnaps, que l'existence des camps de la mort, ja ja, était bien connue des Allemands pendant la guerre et qu'il exècre Hitler, ja ja, plus encore que sa femme. Il monte au Groenland pêcher la morue, redescend au Monténégro porter la belle parole française, la sienne et celle de Julien Gracq, son labadens de la rue d'Ulm. Il est au mieux dans les rafiots, les églises de campagne, la 2 CV des bonnes sœurs, à la table des prêtres, au comptoir des malheureux soûlographes pour qui le diable ne vit pas seul dans la bouteille, il y a sa bonne amie la mémoire. Il était une fois... Cette diablesse-là, elle seule, mon père aimait la courtiser dans ses romans.

Lui-même buvait peu. Du vin rouge à midi dans un bock de verre indiquant les 25 centilitres à ne pas dépasser. Il s'y tient. C'est un homme de volonté. Je ne l'ai jamais vu lever le coude, et l'aurais-je vu que je n'en dirais rien – Ô Magnus, grand Spi, Pharos, Bichon, Petit Vieux, El Penor, Gonzalvez, Truffalduni, Plomodiern, Lisor, Tréompan, « Henri ! Henri ! » s'exclamait ton épouse émerveillée. Toi la Main rouge et le grand méchant Loup, toi puissant

Chef, Mignon, Manitou –, jamais vu lever le coude, non, sauf au Diben chez Antony Lhéritier et la Mouche, à Kerhuiten chez le génial Le Quintrec, à bord du *Penfret*, le sablier de fer où l'on fêtait ses quatre-vingts ans sur un air de Balavoine, à Versailles chez Marie-Louise, à l'Aber sur le *Ninioblo*, au Trez-Hir chez la tante Annie, sous le regard de ses quatre sœurs émues aux larmes par leur champion. Il n'était jamais ivre, il ne bégayait ni ne devenait amer ou geignard, il parlait d'or et tout le monde se taisait. Il discourait en grec, en latin – chantait en Breton –, puis s'apercevant que nous n'y comprenions rien si ce n'est « Thalassa ! Thalassa ! », il revenait au français, bénissait la coquille Saint-Jacques, symbole de la charité au Moyen Âge, exaltait la pluie, cette araignée monotone, ce crucifix à mille bras, déluge au sens primordial, eau d'une arche où nous remonterions un jour, nous tous : garçon et fille, poissonne et poisson, oiselle et oiseau, bateaux, lion châtré du cirque Zéphyrian, dompteur teint, bouée sifflante et brouillard, Job, oncle Jo, Amatha. Il bénissait le ciel, en tombât-il des cordes ou des rayons. Il vitupérait le progrès mécanique, lui l'usager des avions, des taxis, des sous-marins, lui qui voulait percer le mystère des atomes. Et soudain, levant son verre, il interpellait rageusement Sartre, sa bête noire, auteur de *La Nausée*, livre indigne d'un bel esprit.

C'est un remueur immobile, un albatros exilé dans Paris qu'il a fini par aimer comme un bout d'Armorique, une île à terre. Il n'a pas d'auto, pas de permis, il traverse le monde à longues enjambées, il a des pantalons feu-de-plancher, un stylo qui fuit, un rasoir antédiluvien, il méprise les puissants. Chez nous il est des noms tabous, par exemple la banane : fruit d'une exploitation criminelle à l'échelle planétaire ; le Coca-Cola : breuvage des insensés qui ratiboisèrent Brest en 44 ; le chewing-gum : cette pâte obscène ; l'Orangina : pseudo-produit français, on le paye en francs et des exploiteurs se remplissent les poches de dollars ; le coton, le tabac : allusions morbides au Ku Klux Klan, à des milliers de gens courbés sous le fouet ; le

Banania : ce chocolat du xénophobe, et mon père de citer son ami Senghor, le Celte noir : « *Je déchirerai le rire Banania sur tous les murs de France.* » Il déchirait, buvait du café au lait, du thé fumé, du Gamay. Mais prononçait-on les mots coquillage ou langoustine, il exultait. Évoquait-on Penmarc'h, Tévennec, Saint-Guénolé, Kérity, Guilvinec, il décernait des palmes d'or, ou des algues, à ces hauts lieux du songe armoricain : algue d'or au phare de Nividic quand il fait bleu violet sur la fine fureur des lames enchevêtrées ; algue d'or au raz de Sein quand se tordent les filons du courant. Algue d'or à la Méloine, aux Chaises de Primel, aux Étocs, à la Gamelle, aux Roches Douvres, à Barnouic, aux Triagoz dont le phare octogonal est couleur abricot ; algue d'or à la Basse-Froide, aux Pierres-Noires, antichambre du rail où les tankers en vitesse de sécurité mènent leur queue leu leu au petit bonheur. Algue d'or à tous les hauts-fonds dans leurs galipettes figées, à tous les soleils d'ouest qui font du crépuscule une retrouvaille entre ciel et mer.

Il arrivait chez nous et disait : « Bretagne », à peine sa valise posée. Il voulait déjà repartir, quitter Paris avec ses carnets, son stylo plus ou moins becqueté, ses rêves d'enfant. Il mettait sur pied des battues à la crevette. Il repérait sur *l'Almanach du marin breton*, sa bible, un coefficient prometteur de trous giboyeux dans un paysage miraculeusement délivré des eaux. Ensuite, il prenait conseil de l'oncle Jo.

– Dites-moi Jo, serez-vous des nôtres ?

– Et comment.

– Une marée de 118.

– Banco.

Ils s'étaient connus en Afrique à l'époque où mon oncle louait des hélicoptères pour des missions sur lesquelles je n'ai jamais eu le fin mot. J'étais peut-être un peu jaloux de leur amitié. Mon oncle était jaloux que je sois le fils de mon père, et mon père non pas jaloux mais troublé que j'aime la Bretagne autant que lui. Je l'ai prouvé.

La place manquait souvent sur le bateau réservé pour l'expédition aux îles. On tirait à la courte paille, et comme dans la chanson le mousse était sacrifié. Je restais seul à l'Aber. Vaguement frustré, je pêchais sans conviction dans les sables vasards, guettant le retour des héros. Mon père et ses amis attrapaient des crevettes roses du large – des bouquets, une venaison pélagique de race ; moi, des crevettes couleur de café. Un jour j'en mordis une, vivante. Elle se mit à frétiller sur ma langue, à chanter son agonie, ma cruauté. Je crus qu'elle allait me dévorer à son tour et je la recrachai avec horreur. Une autre fois, Mathilde m'apprit que l'ombre des noyés finit par remonter à la surface de la mer, tôt ou tard, et qu'il n'est pas du meilleur augure de s'en aviser. Celui qui les voit tous à la fois, comme si l'océan était noir de monde, et celui qui les entend rire, peut d'ores et déjà s'estimer noyé.

Je n'ai jamais beaucoup aimé la pêche au haveneau, et quand je fus en âge de sacrifier le mousse à mon tour et d'exiger ma place à bord des bateaux affrétés par Henri, qu'ils aient pour nom *Sardine*, *Aiglon des mers*, *Intrépide* ou *Duc in Altum*, j'embarquai les mains dans les poches. Aux îles, j'accompagnais le patron du bord et souvent la patronne, et souvent ma mère, aux ormeaux, à la bigorne, aux dormeurs, à rien du tout. Adossés à des rochers nous casse-croûtions de bernicles arrosées de muscadet, assaillis par des mouettes furieuses qui craignaient pour leurs œufs en couvaison sur les galets. Parfois, je ramassais un lambeau de ferraille percée d'un hublot riveté. Passait mon père, jambes nues, heureux du beau temps, fier comme si le soleil était son œuvre et le baromètre à sa dévotion.

– Alors, la vie ?

– Bien. Mais au sud il fait meilleur encore, hasardait ma mère en souriant. Il fait doux.

Par sud elle n'entendait pas des rivages lointains, parfumés à l'orchis-vanille ou la mandarine. Par sud elle ne confessait pas un désir d'Italie baignée d'azur et d'une mer où le corps s'étend sans frissonner. Par sud elle aspirait à la Bretagne du Morbihan, moins âpre et moins venteuse, belle aussi. Mais chut... elle n'en parle pas vraiment. La mer a des oreilles et les dieux labérois sont très rancuniers ; sans oublier les déesses qui ne gisent pas toutes au Gour-Bihan sous les pissenlits et les feux follets.

VIII

Le sud, la grande affaire. Aspirer au sud, c'était faire acte de rébellion. C'était désavouer l'Aber, infidélité suprême ; c'était consommer l'adultère aux dépens de toute une généalogie dont l'arbre s'enracinait ici même et ne souffrait pas d'arbrisseaux à l'écart du foyer. C'était briser l'omerta du temps pourri que chacun s'ingéniait à préserver. C'était reconnaître en présence de ma grand-mère et de l'oncle Jo, de tout une famille accoutumée sur ce chapitre à motus et bouche cousue, que non seulement il pleuvait des cordes à l'Aber au mois d'août, mais qu'on pouvait désirer passer les vacances ailleurs.

Au sud.

Chaque jour, à l'heure des repas, les mêmes mots s'échangeaient sur les valeurs comparées du temps labérois et, par exemple, au hasard, du temps provençal. Canicule à Nice ? Veinards que nous sommes, nous autres les privilégiés des nuits fraîches et du noroît nébuleux. Inondation à Nîmes ? Compassion à l'Aber. Ventait-il huit jours d'affilée chez nous, à ne pas mettre un pied dehors, à ne pas risquer un voilier sur l'eau, ma grand-mère soupirait d'aise. Allons, mes enfants, remerciez le bon Dieu, louez saint Antoine. Vous entendez ? Quelle beauté, cette tempête, quelle puissance, cette pluie ! Les bateaux sont emportés à la dérive et les pêcheurs ne sortent plus, c'est grisant. Écoutez les cornes de brume. Vous imaginez les marins en perdition, dans cette furie ? Et le pire est à venir. La radio prévoit une aggravation dès la nuit prochaine. Vous n'aurez que plus de plaisir à retrouver le soleil après, le beau soleil de juillet, le meilleur et le plus sain quand les nuages s'en vont. Pendant ce temps-là, vous savez quoi ? Dans le sud ils ont des orages tous les soirs, des incendies criminels : les bombardiers d'eau terrifient les estivants, les personnes âgées meurent de chaleur dans les embouteillages, les gens deviennent fous, les nouveau-nés sont dévorés par les moustiques, la nappe phréatique charrie des maladies incurables. On ne peut pas dire qu'il fait beau quand il fait trop chaud, quand la chaleur vous tue. Vous avez trop chaud, les enfants ? Non. C'est sûr ? Donc il fait beau. Ceux qui veulent un grog lèvent la main.

À l'ouest, le climat ne se laisse jamais prendre au dépourvu. Le temps réputé mauvais ailleurs n'est pas un châtiment ni le fardeau d'une pénitence millénaire. Les plus longues pluies sont des providences. Merci mon Dieu. Vous réchauffez la planète ailleurs, pas chez nous. Vous desséchez ces malheureux Provençaux, pas nous. Oremus.

Les jours passent et le soleil se glisse à travers les vêtements mouillés. La peau renaît, l'oiseau chante, la fleur embaume, l'œil capte du bleu. Et toi qui doutais ! N'est-ce pas l'azur ? N'est-ce pas la côte ? N'est-ce pas la Côte d'Azur ? Le lendemain, pluie, c'est l'hiver noir au mois d'août. Réjouissez-vous, les enfants. À Marseille le feu menace la ville. Et si l'on faisait du feu ? Quoi de plus beau, de plus ancestral qu'un feu ? Rappelez-vous le buisson ardent.

Le ciel s'ouvre un matin, douceur et lumière. Debout les enfants. Pique-nique à Corsen, en route. On traverse l'Aber à la rame, on laisse le Saint-Gildas à Lampaul et l'on poursuit à pied par dune et villages en chantant, youcaïdi, on ne lambine pas, youcaïda. Mer basse à Corsen, d'un bleu laiteux. Que de tourelles et d'îlots dévoilés. Quelle savane à perte de vue. Un vrai temps d'aoûtienne, annonce l'oncle Jo, goguenard. Il faut dire qu'il est un peu misogyne et qu'il a des idées bien à lui concernant le Front Populaire et le camping hystérique des *cong' pay's*. Il s'assied à l'écart pour lire un texte savant qui l'assoupit. De temps à autre il vient fouiller dans les sacs à la recherche d'un œuf dur ou d'une reine-claude. Un peu plus loin cousines et cousins élèvent un rempart de galets en attendant le retour des eaux. Il faut rentrer, dit l'oncle Jo. Mais, mon oncle, la mer n'est pas encore haute, elle n'a pas détruit le barrage. Il faut rentrer, les enfants. Si nous tardons le Saint-Gildas va s'échouer et nous ne serons pas à l'heure pour dîner, vous serez privés de dessert. Et nous voilà repartis, allongeons la jambe lonla. Et berçons l'espoir d'une grenadine-limonade au comptoir en lino d'Adolphine.

Le matin, le facteur déposait *Le Télégramme de Brest* sur le bahut de l'entrée. Ma grand-mère s'en emparait. En dernière page figurait la météo. On voyait la France en vert et, région par région, les soleils du temps prévu : soleils riants, moins riants, soleils noirs. Le sud était hilare, l'ouest boudeur. La navrance imprégnait alors le visage de grand-mère qui tentait d'amadouer la célèbre tendance ultérieure du temps, un vrai titre de roman d'angoisse. Lundi : couvert. Mardi : belles éclaircies dans la soirée, nombreux hectopascals, anticyclone espéré dans les Açores. Mercredi le front chaud promis, trop chaud, faisait se succéder une pluie lourde et tiède à la pluie froide et fine, une dépression minuscule, un bébé dépression, se creusait sur l'Iroise à l'entrée du goulet de

Brest et le soleil se voilait à l'heure du bain. Les bikinis disparaissaient sous les gros pulls, les boissons chaudes fumaient. C'était à nouveau le bruit doux de la pluie par terre et sur les toits, sur la mer comme au ciel, et jusque dans les yeux de ma grand-mère accrochée coûte que coûte à la dernière page d'un *Télégramme* à tordre. Elle s'en voulait de lire un journal de si mauvais augure. Elle enfermait les numéros pluvieux dans le placard de la cuisine, là où, par dizaines, d'autres *Télégramme* en pénitence attendaient d'envelopper les épluchures et les têtes de poissons.

Par le biais du journal, ma grand-mère menait une lutte aveugle contre ses filles attirées par le sud et contre ses belles-filles amoureuses du midi, pâmées à l'idée de rôtir sur le sable en mini maillot. Le pouvoir de la pluie et du beau temps, dont beaucoup se flattent au sens figuré, était le seul qu'elle voulût exercer au sens vrai. Et sûrement rêvait-elle aussi de supplanter le rédacteur en chef du *Télégramme*, non par conviction politique mais pour intervertir des prévisions iniques : inonder la Côte d'Azur, jeter le brouillard sur Bandol et Saint-Tropez et rendre à l'Ouest les soleils de cocagne usurpés par la Méditerranée, cette flaque sans vie, sans marée, sans poissons ni parfums, dont osaient se languir ses brus en jouant à la manille ou au nain jaune, cependant que les gouttes s'obstinaient à frapper les persiennes.

Les intempéries s'enchaînant, ma grand-mère se désintéressait du sud et des séismes imminents prédits par Haroun Tazieff au pays des olives. La mésentente s'installait. Les enfants jouaient au morpion sur la buée des vitres, à la pièce ; les adultes se morfondaient. Mon oncle Charles avait à faire à Paris. Mes tantes Yéyette et Rose avaient la migraine. Mes deux plus jolies tantes, celles dont les grands cousins disaient : on se les ferait bien. Beaux yeux, colonnes vertébrales dressées comme des cobras. Elles ne descendaient plus aux repas. Elles passaient les après-midi couchées. Leurs excellents maris se mettaient en quatre pour les distraire, ils ne manquaient pas d'idées : la tournée des antiquaires à Landernau, une visite au nouveau recteur de Lanildut, l'achat d'un beau poisson à la criée de Porsall, un tour de côte sauvage en voiture, hein ma chou-

chou ?... On n'entendait pas les réponses. Les maris marris redescendaient l'escalier. La pluie recouvrait de cendres les secrets des belles migraineuses assoupies là-haut les yeux ouverts. On n'imagine pas en se mariant, ce gris.

Cette Bretagne d'enfance, celle d'un bonheur qui trois fois l'an passe à Brest à peine reconstruit, présentant avec ses longs baraquements en bois l'aspect d'un campement né dans la folie d'une querelle familiale, cette Bretagne là finira par encaisser des trahisons comme il y en a souvent dans les familles, et les meilleurs sont montrés du doigt.

Une sainte, ma mère, non ? Elle élevait ses enfants comme bon lui semblait.

Un seul principe, une fois tous les principes invoqués : l'amour, l'indulgence. Que fait-elle, lasse des brouilles ? Elle ne se révolte pas. Elle ne va pas glisser une grenade antipersonnel sous l'oreiller de sa mère. Elle ne se pend pas au grenier, comme il est d'usage chez certains. Elle ne brusque rien d'apparent, ne laisse traîner aucune volaille égorgée sur le linge à repasser. Elle se souvient à point nommé qu'il pleut moins dans le sud où, petite fille, elle a passé des temps heureux avec ses parents. Le sud, oui, mais en Cornouaille, un sud familial bénin qui n'offense pas la tribu. Là, quand elle avait dix ans, l'unique fois de sa vie, un jour de canicule, ma mère a fait du pédalo sur les transparences bleutées d'une baie quasi tropézienne. Ce mirage azurescent l'obsède. Au beau milieu de l'été, elle fait monter ses quatre enfants dans le car et, via Brest et la rade en bateau, les emmène à Morgat, une station balnéaire un peu courue, presque l'accent du midi. Quarante kilomètres à vol d'oiseau.

Sur le vapeur qui dessert la rade, une vedette en bois malodorante, elle raconte ses émerveillements, un flacon d'alcool de menthe sous les narines. Elle veut revoir son pédalo blanc, revoir le grand ciel ensoleillé qui tapisse la nostalgie. Là-bas la mer est une braise bleue. Là-bas on prend des bains de lumière. On dirait vraiment un grand voyage. J'ai l'impression de voguer vers les madras, les tamariniers. J'entends déjà résonner les tam-tams.

À Morgat, il pleut. Nous occupons tous les cinq une seule et même chambre à l'hôtel Sainte-Marine. « Il fera beau demain » dit ma mère. Nous nous couchons après la soupe. Le lendemain, pluie. « Tous à la plage ». Ma mère est aux anges. Elle compte sur la vision du pédalo retrouvé pour dissiper les nuages et mettre le ciel de Morgat sous l'influence bénéfique d'un souvenir aussi puissant que la foi. Il n'y a personne à la plage. Il fait frisquet. Nous marchons longtemps avant d'arriver aux pédalos. Les engins enchaînés attendent l'embellie. Ma mère n'attend pas. Elle trouve le loueur au bistrot. Nous voici en maillot de bain, pédalant à qui mieux mieux dans la grisaille de la baie, crispés, transis, confiants. Nos pédalages n'agiront pas sur le climat comme agit la cuillère sur la mayonnaise ou l'hostie sur la conscience. Arrivés trempés à Morgat, nous repartirons trempés. Impatients de regagner l'Aber.

Tournée vers le sud ma mère le restera quand même. Elle essaiera Belle-Isle un an plus tard, étirant à le rompre le fil d'ombilic qui la reliait à ma grand-mère à travers les pluies, les brouillards, les rades et les grèves où, pour la première fois, envers et contre la famille, elle osait conquérir sa liberté. Pluie sur Belle-Isle. Bains de mer et bains d'averse, promenades au hasard des rues. Visite quotidienne au musée Vauban dont nous avons fait notre parapluie. Je touche des boulets anglais brisés, des morceaux de crânes et des molaires pris à l'ennemi, des pistolets à pierre, des nœuds coulants poussiéreux. Je visite des cachots, m'étends sur le bas-flanc des condamnés à mort, recopie des graffitis d'espions. Le soir, nous avalons des soupes roboratives à l'hôtel Duchesse Anne à côté du bar, les vociférations des ivrognes me terrifient. Patience les enfants. Trois jours plus tard, nous quittons Belle-Îsle par tempête à bord du *Rêve des flots*, une ferraille blanche qui gîte à tribord et dont la cheminée inclinable menace de tomber. Pas un nuage au ciel. Un désert d'air libre et d'eaux salées, une lumière abrupte de Sahara. La mer est folle, folle de blancheur, de bleu, de chaos. En face de moi, régulièrement, un phare disparaît sous les vagues et, chaque fois, je crains qu'il ne reparaisse plus. Ma mère est livide. Elle me regarde avec un sourire forcé, comme si vraiment c'était la fin et qu'elle me demandait pardon. C'était si beau, la vie. Flageolants, nous débarquons à Quiberon avec deux heures de retard, vivants grâce aux vœux dont nous autres les catholiques charbonniers avons le génie lors des coups durs : faire une bise à l'ennemi juré, se rendre à Lourdes en s'arrachant la peau des genoux, renoncer à certains péchés délicieux, passer les vacances à l'Aber et rien qu'à l'Aber, nous n'hésitons pas.

Malgré la tempête et la pluie, malgré les pédalos rouillés, les boulets anglais, les vœux délirants, ma mère établira ses quartiers d'indépendance estivale à Belle-Isle-en-Mer, aiguillonnée par son amie Denyse qui, de là-bas, revenait chaque année bronzée comme un Sioux, les valises pleines de diapositives où ne se voyaient que barbecues en liesse, pêches miraculeuses, homards, araignées, turbots roidis sur fond d'azur, comme si Dieu nous avait refusé, à nous les traîtres, la fête solaire que les autres filmaient.

Désormais nous couperons en deux le fruit doux-amer des vacances d'été : l'Aber en août, Belle-Isle en juillet. Plus au sud on quittait la Bretagne ; on abordait les rives d'un sacrilège qui pouvait porter à ma grand-mère un coup mortel et rendre plus folle encore la tante Amatha. Ça va comme ça.

IX

À treize milles de Quiberon, quatre cents milles de Vigo, dix milles de Houat, Belle-Isle est un rivage à part baigné d'un océan plus bleu, plus intime et plus vaste qu'ailleurs. Plus doux y est le sable, moins pressé d'en finir l'instant. Si la lumière est belle ? Interrogeons Monet, Derain, Gromaire, Matisse, Bazaine, et bien d'autres qui vinrent y jouer du pinceau, envoûtés par cette lumière de paille aussi dorée qu'au Portugal à la croisée de l'Atlantique et du Tage. Au sud-est, la Bretagne a du sang levantin. Pas d'oranges et pas d'oliviers, mais du jasmin, des tamaris, du mimosa, des lauriers, des figuiers, des camélias, de la vigne. Étonnant d'ailleurs, vallonnée comme elle l'est, que Belle-Isle n'ait pas son *Petit gris du Morbihan* ou son *Cuisse de nymphe émue*. Elle embaume, jolie fille au soleil, elle dort sur la mer comme une amoureuse dans un champ de violettes.

Au nord la côte sauvage est défendue par des à-pic naturels de granit schisteux ; la violence des vagues a fini par y creuser des ports : Sterwenn et Stervras, anciens camps gallo-romains, où les bateaux se balancent entre deux falaises blanches de mouettes. Débordant Goulphar, les aiguilles de Port-Coton doivent leur nom aux envolées d'écume. Les jours de brise il neige de bas en haut. En file indienne au milieu des flots enneigés, les aiguilles imitent une théorie de babouchkas saisie dans la pierre, de la plus grande à la benjamine, et se dandinent sans bouger vers l'ouest. En été les plongeurs chassent les crustacés sous leurs jupons, et parfois les jupons gardent les audacieux. Un peu plus loin, l'Apothicairerie. La grotte est évidemment l'œuvre de la mer. Elle est dorénavant fermée au public, s'étant comportée en fauve lunatique envers ses admirateurs. Un panneau planté sur la falaise à l'entrée du sentier muré donne la liste des victimes. Elle n'est pas close. Les gens désobéissent. Et moi donc.

C'est le soir qu'il faut y descendre, à l'heure hugolienne des lions assoiffés. La grotte, long tunnel courbe ouvert aux deux extrémités, regarde vers l'ouest. Le vent tombe, il fait doux, la mer est une pâte molle rayée d'ébène. Ne nous montrons pas. Les vagues affluent sous la voûte, elles s'étirent, elles font leur toilette du soir, se pourlèchent, miaulent, j'ai un petit creux, dit l'une, pas vous les filles ? Si je tenais l'abruti qui nous a collé ce panneau DANGER sur la falaise. Dangereuses, nous ? On a les crocs, c'est tout. Car en ce début de troisième millénaire, les scientifiques ont observé chez les vagues armoricaines *un fonds persistant de brutalité, d'instincts violents et destructeurs*. Voilà qui promet.

L'Apothicairerie se caractérise aussi par un hôtel étrange, une bicoque rose à la façade indistinctement mauresque ou californienne, évoquant assez bien le terminus d'un chemin de fer jamais tracé, initialement prévu pour relier la côte sauvage à la ville d'Ys. Ruine lugubre, effritée, délabrée, chapeautée d'un toit branlant, au centre d'une cour pelée qui n'a jamais eu la prétention d'accueillir des figuiers ou des massifs de fleurs, ni de disputer aux bruyères la primeur de l'ouragan. On n'imagine pas que la maison puisse être habitée, moins encore que des estivants bourgeois ayant versé des arrhes, et renseignés à l'avance, aient le goût scabreux d'y passer leurs vacances. Aujourd'hui l'hôtel a disparu. Il n'a pas dit son secret. Ses habitués non plus. Que venaient-ils chercher en cette auberge louche, au-dessus des grottes interdites et des roches percées qui s'effondrent les soirs de lune ? La vétusté. Les toiles d'araignées. Le luxe barbare de la bonne franquette. Le philtre des apothicaires. Le charisme diabolique de trois logeuses un peu zinzins dont l'une faisait les comptes et se léchait les doigts pour tourner les pages du cahier, dont l'autre assurait l'intendance, aboyait sur le personnel et dont la doyenne, une poupée grise hors d'âge immergée dans un fauteuil à roulettes entre la caisse et l'armoire aux balais, triturait un large billet de banque périmé – son doudou, son nin-nin, son rosaire –, dernier lien matériel avec le bon sens. Ces trois incarnations membraneuses, ces trois larves d'Halloween qui jetaient l'effroi dans le sommeil des enfants, régnaient pourtant sur la meilleure table de l'île : pas un poisson qui ne fût de ligne et du jour, pas une herbe qui ne fût née sur la dune aux alentours, pas un homard qui ne se prévalût d'un pedigree celte, pas une poule qui n'eût fait ses classes au milieu des mouettes et picoré les flocons salés des aiguilles. Entre fines gueules, on se passait le mot.

On y allait à vol d'oiseau, à dos de lapin, à petite-reine, à la rigueur en voiture après un chemin d'herbes et de boue pas toujours carrossable. Les nouveaux pensionnaires se payaient le taxi, des familles épuisées par le voyage et les affres du mal de mer. Les maris portaient les valises, les enfants considéraient bouche bée l'hôtel des vacances, une bâtisse de film à sensation, les mères franchissaient la porte une seconde, apercevaient la trinité des vieilles et ressortaient en poussant les hauts cris. On reprenait le taxi sans même avoir déplié les bagages et vu l'océan dérouler ses anneaux, ses horizons. Seuls les vrais, les tordus qui s'obligeaient à rester dîner, à trouver du charme aux araignées grassouillettes établies dans la salle à manger, à passer la nuit sous un plafond qui semait du plâtre sur les dormeurs, se réveillaient conquis fanatisés. Les trois sœurs ? Trois anges. Trois bonnes fées. Trois cordons bleus. Trois amies. L'hôtel ? Un bijou. Entrés dans la ronde infernale, ils n'en sortaient plus. Ils devenaient pareils aux

Bréhatins, si jaloux de leur paradis méridional au nord que le visiteur non parrainé ne s'y rend plus sans numéroter ses abattis.

L'hôtel de l'Apothicairerie s'est écroulé, mais pas dans l'océan. Il est mort comme la chèvre de Monsieur Seguin, vaincu par les loups. Des machines sont venues raser la baraque et d'autres machines éparpiller les trois sœurs avec les gravats.

La première année, on loua la maison des Pissard, à Kerloréal. Une maison, une grange avec ping-pong. Le bonheur. La vie, oui. Achat d'un canot pneumatique bleu tout gonflé chez *Yatou*, le modèle bon marché, généralement crevé dès la première utilisation. Canicule, baignades, grillades, pâte à feu, belle étoile, interminables après-midi bellilois, interminables minuits de lumière et d'ombre, si longs qu'on ne sait plus si le jour se lève ou tire à sa fin ; vin rouge en vrac tiré à l'outre de François, un ami d'Henri doué d'une hospitalité comme elle existait dans les temps féconds où la vie n'était que miel au soleil, vignes grenat, raisins éclatés sous le sabot dur de la chèvre, plaisirs mêlés de l'âme et des sens. Sitôt mes parents endormis, mes frères et moi sortons dans les boîtes et découchons jusqu'aux pâles heures. Le temps nous appartient encore. Vivre est une chance. Ça s'arrose.

Une fois par semaine, le *Cambronne*, un ancien chalutier, nous amène à Houat passer la journée. Houat est plus chaude encore que Belle-Isle, tunisienne, pelée, dune couleur étoupe et parfum d'asphodèle. Ma mère n'a jamais trop chaud. Devine-t-elle que le temps presse et nous la vole en secret ? L'a-t-elle toujours deviné ? À quoi penses-tu maman ? Les étés se dissolvent en souvenirs, elle seule en est consciente. Elle est la première à se baigner. On aperçoit l'île de Hoëdic, plume à l'horizon, fumée. Celui qui soufflerait assez fort la disperserait. Pique-nique au frais d'un rocher. Avec son gibus de papier journal, mon père a la touche d'un vieux Chinois dans la rizière. Elle est pas belle la vie ? Le déjeuner fini, la canne de ma mère à l'épaule, il s'éloigne vers les rochers et disparaît. Qui oserait l'espionner ? Il est au bord de la mer, il mange une pomme en écrivant sur le sable mouillé, du bout de la canne. Il rature, il hésite. Qu'est-ce qu'il peut bien gratouiller ainsi de haut en bas ? Quand il a fini, il attend que la mer monte et il se baigne là où il vient d'écrire. Mais parfois ma mère l'appelle entre-temps. Il se sauve alors comme un voleur, abandonnant son manuscrit de sable au soleil. Mon Instamatic fait alors des prouesses.

Retour en fin d'après-midi par le passage des Sœurs. Devant nous c'est l'ouest, le terrier du couchant.

Le soir, sur le terrain bien dégagé d'un ancien sémaphore, à la pointe des Poulains, nous allons en famille assister au coucher du soleil. Les amateurs du rayon vert n'ouvrent jamais l'œil au bon moment. La nuit se fait désirer. Le ciel prend tout son temps avant d'ouvrir sa corne d'abondance aux voies lactées. Ça galope, là-haut, par troupeaux entiers, ça grouille de toute part au clair de lune. En mer les phares s'allument un à un, Port-Maria, Birvideaux, Teignouse ; on voit cligner un feu rouge sur l'île de Groix. Elle est belle, oui. La vie.

Après les Pissard, nous louerons chez les Samzun, les Lanco, les Bienstock, les Gandrille, les Escalopier, les Bazin, les Galiou, ces derniers un couple de retraités pas piqués des vers, lui un ancien gardien du bagne de Nouméa, devenu peintre à l'eau de rose – avec une dilection pour les sous-bois automnaux et les biches alanguies – elle une épouse modèle, ne laissant jamais son mari boire seul, édentée pour des raisons sans doute étrangères à l'alcool, mais quand même affligée d'un nez si bourgeonnant qu'il semblait factice, amovible, et remis à tremper chaque soir dans une marinade pour gibier. Lorsqu'elle pleurait, car elle pleurait souvent au crépuscule, on s'étonnait de voir ruisseler sur ses joues des larmes aussi limpides que celles des bébés.

Les Galiou possédaient plusieurs maisons. Malgré leur physionomie douteuse et leurs manières de trimardeurs ils étaient riches, en tout cas plus riches que nous qui devions nous serrer la ceinture pour payer la location. Ma mère les trouvait cradingues et pittoresques. Mon père en était coiffé. Une paire d'originaux sortis vivants d'un de ces romans anglais où l'on découvre seulement à la fin que les personnages sont des loups-garous et qu'ils sont en train de vous sucer la moelle.

Dernier bonheur familial chez les Galiou, dernier été de vrai soleil avant que ma mère s'en aille. Nous habitons une maison sans fenêtres, ancienne étable aménagée grosso modo pour le gîte, avec une cuisinette au butane et une porcelaine hygiénique sous une étoffe rouge à fronces. Dehors un terrain vagabond tire profit des estivants et, durant les beaux jours, se donne l'air d'un jardin, chaises longues, parasol, vêtements éparpillés, paquets de chips à l'abandon, mégots. C'est lui notre salle à manger, le campus de nos jeux et repas où la contradiction mord au sang les plus petits. Que d'oreilles ont pris feu, que de fronts rougi. Pas de voisins, pas d'arbres. Au bout du champ, une campagne arrondie descend vers l'anse du gros Rocher. Ma mère, cet été-là, voudra bien se laisser photographier dans son canot pneumatique mal gonflé. Elle sourit, avec le naturel d'un comédien débutant. Elle sait tout, mais elle passe de bonnes vacances. Elle dit : l'année prochaine, une autre fois. Le soir, elle contemple la tombée du jour dans un fauteuil pliant, un verre de Monbazillac à la main. Des alouettes grisollent sur les champs, des lapins couinent dans les griffes des busards qui survolent la maison à basse altitude. Les dîners n'en finissent pas, ne veulent pas finir, la tragédie rôde. Elle est si belle, la vie.

L'année suivante nous relouerons aux Galiou, mais une maison plus grande et moins bien exposée, au-dessus d'une friche infestée de moustiques. Il pleuvra tous les jours. Je passerai les après-midi à lire des romans policiers archi saignants, à me demander ce que je fais là, ce que fait la mer autour de cette île où je suis orphelin. Celle-ci ne piquera pas de violette dans sa chevelure, et moi je n'irais pas humer la chair des filles dans les surboums. Ma mère est partie depuis deux mois. C'est arrivé pendant la nuit, à la clinique. Je ne savais même pas qu'elle y était. Elle a rejoint la catégorie des souvenirs, monde irréel. Chaque soir la mer revêt la grande ombre d'un sauveur auquel je ne crois plus. Dans ma tête il fait noir. Ni voie lactée ni rayon-vert.

X

« On y est presque, un dernier effort. Tu seras tellement content. La mer descend. Avec un peu de chance tu pourras jouer dans la baignoire de tante Sabote.

– Pourquoi on ne l'invite jamais ?

– On l'invitera si tu veux. On lui fera une lettre qu'on écrira sur le sable et la mer lui portera.

– On écrira quoi ?

– *Chère tante Sabote. J'ai cinq ans, je suis ton neveu. J'aimerais bien te connaître et maman aussi. Elle n'en a plus pour très longtemps.*

C'était hier. On ferme les yeux, les morts nous parlent. Ma mère me tient la main. Elle continue d'écrire à cette bonne vieille tante qu'elle semble voir à l'horizon. Je suis heureux et boudeur. Une fécondité tranquille, intense, respiration du monde, inclinaison des herbes, va-et-vient des moucherons ou docilité de mon ombre à mes pieds, environne mes pas. Le vert, le bleu, le jaune circulent et jouent dans mes prunelles. L'odeur du soleil pénètre les ajoncs et me remonte aux narines à travers le souffle léger d'un après-midi dont j'ignore qu'il passe, et me voici persuadé que non seulement Dieu existe, mais qu'il est originaire de l'Aber-Ildut, fils d'une jolie paysanne appelée Marie. Je la connais bien. Nourrisson je buvais son lait.

Pour atteindre la grève, il faut suivre un sentier montant qui passe entre la mer et les vaches en liberté ; chaque fois, je crains de m'attirer leurs mauvaises grâces. Ma mère m'aide à franchir un ruisselet de boue nauséabonde qui sépare deux prés. Un plancher de guimbarde où se voit encore une pédale d'accélérateur sert de gué. En haut du raidillon, un trou dans la haie débouche sur le chemin du phare qui sera goudronné plus tard. De nouveau la poussière soulevée par le vent, de nouveau le fil de la mer scintillant parmi les ajoncs. Il faut maintenant traverser le territoire d'un énorme cheval de labour. Il remue ses fesses et les mouches s'envolent. Tout le monde a peur et tout le monde essaie d'arriver à la sortie sans que le cheval ait découvert l'intrusion. Le champ est fermé par une roue de carriole emberlificotée dans les barbelés. Chacun doit aider l'autre à passer. *Mon cher neveu j'ai bien reçu ta lettre et je ferai mon possible pour venir vous voir bientôt, ta mère et toi...*

Au Crapaud, nous avons un espace à nous entre deux rochers à l'abri du vent. Là se trouve aussi la baignoire de tante Sabote. Qui est-elle ? Personne. Un dahu moins les cheveux d'or et les chants plaintifs comme les flots. La famille abonde en vieilles filles que nous appelons tantes et que nous appellerions aussi bien cousines, et que tout le monde dit connaître et que personne n'a jamais vues. Ce sont nos vraies irréductibles vieilles filles qui les ont inventées pour échapper à la rêverie. Elles ont inventé la tante Barisson, la tante Zézée, la tante Aristide, la tante Guite. Malgré son nom qui la prédestine à l'arsenic et aux cafards, Sabote est leur patronne, une allégorie flatteuse et néanmoins léonarde, annonçant l'avènement d'un âge où les vierges à cheveux blancs renaîtront parmi les Océanides, fougueuses, fatales, à leurs tours élues pour le désir et la tentation d'autrui. Elles vivront sous la mer où des géants barbus à cornes de bique et trident n'ont jamais trop de puissance à dédier aux nymphes. Fini la peur du loup dans les confessionnaux vermoulus.

La baignoire de Sabote est un trou d'eau carré tapissé d'algues douces, une commodité bourgeoise encastrée par le hasard du chaos dans les roches, inattendue comme le divan sur lequel le Douanier Rousseau fait s'étendre une beauté nue en pleine forêt. On peut s'y prélasser à plusieurs, y papoter, y somnoler. Par beau temps et petite marée, l'eau tiédit et tiédit d'autant plus que les enfants à poil viennent y barboter. Gare aux bestioles de mauvais aloi quand la marée la rend à l'air libre. Cette bonbonnière des *Mille et Une Nuits* vous trompe l'œil, chacun de ses bonbons vivants renferme un puissant narcotique et peut causer la mort du gourmand. La méduse étale ses guipures urticantes, la physalie gonfle une bulle rosâtre de chewing-gum dont le simple contact avec la peau risque d'entraîner l'arrêt du cœur, la blutiole aux valves béantes exhibe un clitoris d'ébène, le poulpe à l'œil de chèvre se carapate sur la pointe des pieds, furieux de ne pas trouver d'issue, l'étoile de mer fait sa diva sur le sable du fond, le diablotin gobie crache du feu, des mollusques bruns pareils à des testicules de coq pendent accrochés aux parois. Pressons-les à deux doigts – ils nous pissent dessus.

Ma sœur Anne et moi, la baignoire nettoyée de tous ses jolis empoisonneurs, jouons à la tante Sabote. Elle est la tante, moi l'oncle Sabot, une paire de braves gens un peu trop portés sur le bas de laine, épiciers de leur état. Le jeu consiste à fixer le nouveau cours du sainfoin, une algue que nous arrachons aux bords de la baignoire pour la revendre... à moi-même, chaland facile à gruger. Comme je paye en bernicles sèches, bébés crabes et autres menues monnaie de mer basse, je ne suis qu'à moitié perdant. Ma mère lit à côté de nous, et je l'entends rire. Que lit-elle ? Karr. Debussy. M. Croche. Proust. Delly. Narcejac. Butor. Gracq. Henri. Schwarz-Bart. Une larme pour lui. Un jour, immergés elle et moi dans la baignoire, nous avons une conversation sur le mariage après que j'ai osé lui avouer mon amour pour Jacqueline, ma première institutrice à l'école paroissiale Saint-Antoine-de-Padoue. Je pleure, vaguement conscient de la difficulté pour un enfant d'épouser une telle fiancée, qui plus est mariée, mère de famille. À cette époque-là, j'ai deux amours sur le cœur. Outre l'institutrice, je désire une créature en bikini vert que nous croisons chaque jour en allant à la plage. Elle est debout dans la vitrine du coiffeur de l'oncle Jo. Elle tient embrassé un tube de Pento, crème à gominer la chevelure masculine. C'est une personne en carton fané, plus grande que moi, dont le soleil a désuni les couleurs au fil des années. Le vert du maillot tourne à l'orange, l'or de la peau devient gris, le nombril pâlit, la chair montrée dans sa pulpe et sa rondeur se fait à nouveau, pâte à papier. Tout fond dans ce jaunissement d'arrière-saison qui ternit les articles abandonnés dans les vitrines poussiéreuses avec les abeilles mortes, les traînées de pluie séchées et les cartes postales racornies tombées des présentoirs. Ainsi des bateaux, des humains, des illusions. Seule la mémoire enjolive et perpétue.

– Un jour tu la rencontreras, dit alors ma mère, et tu seras le plus heureux. Tu l'épouseras. Et tu verras comme elle est belle. La vie.

XI

Que si tu venais à pénétrer sans clé dans le manoir je te mets au parfum. Inutile de fouiller les tiroirs ou de retourner mes chaussettes, il n'y a pas d'argent. Ne va pas non plus fourguer mes Lalique. Tous les antiquaires de la région sont alertés, et même à Paris je suis connu comme le loup-blanc. Épargne-moi les braderies.

Que si vraiment tu es en difficulté, tu trouveras au grenier quelques sabres de marine et un lot de clystères Louis XIII intéressants pour les brocanteurs, gens qui ont toujours une liasse dans le fond de la culotte. Dis-leur qu'un des clystères purgea la régente en personne à la mort de Concini. Toujours fournir une anecdote avec l'objet cédé.

Que si tu t'assieds dans mon fauteuil, dans ma chambre, je te prie de ne pas mettre les pieds sur mon bureau. Le maroquin est neuf, il m'a coûté bonbon.

Que si tu veux m'écouter à présent, tu ne seras pas venu pour rien. C'est la nostalgie qui t'amène ici ? Le bon vieux temps perdu ? La Bretagne ? Elle finit toujours par nous rattraper. Pas facile aujourd'hui d'être breton. C'était plus simple autrefois. On se battait. On vendait chèrement sa peau. On était de Cornouaille et de nulle part ailleurs. On vénérait la mer et la lune, cet œil de fou. On colportait en souriant les secrets vieillots : qui fendit les pieds du diable ? Quel talisman renfermait le nœud gordien ? On aimait Jésus. Tu l'aimes ? Moi oui. Qu'il est beau dans sa lumière de conte oriental, de polar mystique. Il fait les quatre cents coups du miracle, il réveille les défunts, guérit les cancers, la sclérose en plaques, la myopathie, le tournis des bestiaux. Il gratte la poussière du bout de sa sandale et tchac : sardines à volonté, pique-nique à gogo, sangria pour les vivants et les morts. Je l'aime et je n'y crois plus. Adieu les temps mystérieux des Bretons d'Armor, du pays forgé par le deuil de la mer et la ferveur. Adieu la foi, la mienne. Enfant de chœur, j'avais des visions. Je tombais à genoux les soirs d'orage et je regardais les nuages échafauder à l'ouest les murs de Jéricho ; une lumière de cuivre tombait en douceur d'un milliard de trompettes et de buccins prêts à sonner la désolation. Je me disais : heureusement que Dieu est là, que tout s'accomplit sous sa loi. Alors, se détachant des îles abolies, je voyait un petit père godiller dans un couffin d'osier. Il remorquait la queue leu leu des saints d'Hibernie, les cuves de bois, les auges de granit, les brouettes raccommodées où ils vivaient, belles âmes à flot cherchant les pécheurs à pêcher, nos justes à nous refusés par les mairies pour ce qu'ergoteurs et suppôts de Satan. Colomba, Bréven, Ronan, Maël, Budoc, Maudet, Ildut, Vouga d'Anskaer à cheval sur un caillou gravé d'un Christ à nageoires. Parlaient-ils, on leur tranchait la langue et tout était sang. Leurs enfants n'allaient pas au lycée qu'ils n'en reviennent honteux, la bouche cousue. Une fois pour toutes ils m'ont désigné la mer, signe divin dont je n'ai retrouvé l'égal dans aucun livre. La mer, matrice universelle, carnage, cimetière vivant, résurrection. J'y crois. Ne m'en veux donc pas si je pars chercher ma Bretagne ailleurs, là où le roi Marc'h a des oreilles de cheval et Midas des oreilles d'âne; où les ba-gnoz et Charon portent les âmes à l'île des Sept-Sommeils; où se cache Yseult sous le voile noir de Thésée; où Morgane a la voix des sirènes et Pausanias la rêverie d'Arthur; où le Socrate armoricain n'a toujours pas arraché leurs plumes aux chimères et rempli de larmes les yeux secs des héros. Je n'ai jamais très bien su démêler le quotidien du merveilleux. Sois fier de ton oncle et de grâce ne mets pas les pieds sur mon bureau. Les factures me font mal au cœur.

Pour chez nous je t'annonce la couleur. Ça construit sec, ça remembre et c'est très content.

Ça ne pense qu'à désenclaver et monter dans le « train du progrès ». Le train du progrès, si j'ai mes bonnes lunettes, il est dans le mur et les cadavres se comptent par millions. Bonjour la tuerie. Un tableau de chasse, pareil, c'est du jamais vu. Des humains et des bêtes, de tout. On trouve même des saumons nourris à la poudre d'os de bœuf micronisée et des fondues bourguignonnes en chair de rascasse usinée façon barbaque. Les paysages aussi font les frais d'un tel boum et la Bretagne, comme on dit, n'a pas fini de « payer son lourd tribut ». Elle part en quenouille. Et quand on aura tout déboisé, mis à bas jusqu'au dernier cèdre de Brocéliande, empoisonné la mer jusqu'au dernier gobie, mazouté jusqu'au dernier goéland, incorporé tous nos caps et landes à la morne confrérie des panoramas, fait le plein des belvédères et ronds-points ; quand on aura fièrement cimenté l'Armor, comme l'est aujourd'hui l'Armor espagnol oriental sous un hystéropolis de casinos, saloons, gogos-bars, peep-shows, discos, la Breiz désenchantée pourra tirer sa révérence à Merlin. Mot de la fin dernière aux profiteurs, ceux-là préférant toujours l'azur et la thune aux nuages hauturiers dont nous aimons suivre les combats navals dans nos ciels du bout du monde. C'est ça que tu veux ? Ça que tu laisses faire ? On t'a coupé la langue, à toi ?

Un conseil : ne laisse jamais tomber la Cornouaille, et si tu le fais sache que tu n'auras plus d'enfance après. Qu'il te faudra porter une cravate, arriver bien à l'heure à tes rendez-vous et vieillir sans discuter.

Que si tu es d'accord signe ici lisiblement sans oublier la date, la vraie.

Je trempai dans l'encrier la plume d'albatros et signai. Je refermai le journal intime de l'oncle Jo. Quel fatras ! Il est barré, le vieux hibou ? Est-il au sultanat d'Oman ? Dans la Cordillère Annamitique ? Chez les Moys ? À un jet de pierre d'ici ? On ne sait jamais avec lui. Quand sa mouche bretonne le pique, elle peut l'emmener n'importe où.

Il y a vingt ans que je ne suis pas revenu à l'Aber et à Kerandran. Depuis j'ai construit des bateaux, cassé des rêves, tournicoté autour du monde en invoquant l'ouest, l'horizon tendu sur des royaumes inconnus. Mais l'inconnu, c'est moi. L'horizon caché, c'est moi. Le royaume est celui d'une mémoire en deuil qui craint la lumière du jour. Je vivote à l'imparfait d'une histoire arrêtée au beau milieu du livre et j'attends la suite. Être un autre, il est grand temps.

Nuit folle de mars, il vente, il pleut, l'eau secoue les vitres, l'eau goutte sous la fenêtre, l'eau tombe du ciel à travers les cèdres, l'eau monte à travers les queues de pissenlits, les soies des taupes, les pattes velues des crabes chèvres, les lames du plancher, elle monte, elle n'obéit plus à l'almanach, elle rend fous les torrents, désunit les glaciers, rompt le fil des rivières, vaches à la dérive, cochons, poulets, humanité bien seule et bien sotte. J'errai dans le manoir, l'escalier d'honneur, la salle à manger rose aux boiseries vernies ; le salon des crustacés du monde entier, gardé par deux albatros mangés aux mites ; le salon des cuivres de marine, Vion, Sestrel, Browne and son, Rafaël Valls ; le salon Louis XV – excepté la peau d'un tigre royal fusillé par l'oncle Jo ; le petit salon Louis XVI, excepté la peau d'un python de huit mètres tué par le même à la pioche ; la cuisine et l'arrière-cuisine au sous-sol, le buffet Henri II qui sent la vanille. Je dînai d'une boîte d'anchois et d'un bocal de cerises au marasquin. Je m'endormis le front sur la toile cirée au bruit ronronnant d'un compteur. Quel robinet n'ai-je pas fermé ? Quelle eau monte vers moi ? Je rêvai d'un taxi rouge et noir au temps des chauffeurs russes après la guerre à Paris.

À l'aube, je montai voir la mer du haut du pigeonnier. L'obscurité rosissait.

La redite obsessionnelle des phares et des bouées se faisait pusillanime et tremblée. Les astres s'éteignaient comme ces bulles d'or effleurées par la baguette des fées, d'invisibles oiseaux s'interpellaient de leur cri liquide et lancinant. Ils se hâtaient vers l'ouest comme si d'autres oiseaux attendaient la nouvelle du jour levant pour la porter ailleurs, à ma mère, à l'oncle Jo.

Je traversai Kerandran, le boulingrin hirsute, le verger, la hêtraie. Le puissant manoir est serti dans une brousse. Le parc n'est plus qu'un oripeau solennel aux grilles rouillées. Cernée de bambous la cabine en loques du brigantin portugais canonné par les Espagnols devant Tarifa ; à l'entrée du Gour-Bihan, la mâture haubanée du *Ninioblo*, seul vestige du grand sloop, témoin de la délébile apothéose de l'oncle Jo.

Grand soleil en arrivant à l'Aber, il est midi. La mer monte. Les trois épaves de mon enfance ont disparu. Me voilà sur l'escalier de ma maison vendue, considérant l'ironie du sort qui me ramène en ces lieux où je ne suis plus qu'un souvenir. Et toutes choses de s'écouler avec cette bonhomie qui vient du large à travers des années-lumière et des îles, comme elle venait le 4 septembre 1949, à 7 heures 32. Pour devenir un autre ne faut-il pas commencer par sortir de la maison ? C'est fait. Depuis longtemps. Je rends la clé. Un gamin s'assied à côté de moi, pieds nus. Je l'ai déjà vu quelque part. « S'il te plaît, me dit-il, dessine-moi un poisson... » Je lui montre le soleil au zénith : « Le poisson que tu cherches est dedans. Il fait la sieste. Ce soir, au coucher du soleil, il bondira. Si tu parviens à le voir, il exaucera tes vœux. À demain, p'tit frère, et pour la vie... »

Écrits à marée montante

Poème à la canne écrit par mon père sur le sable humide un jour de grand soleil, à l'île de Honat vers midi.

D'abord nous nous baignons
Nous nous mêlons à la mer
Notre tentation
Puis nous déjeunons
Devant l'horizon
Nous nous régalons
De bigorneaux, de salaisons
Par le Rhône arrosé

Par la Loire ou le Bordelais
Nous écoutons le soleil
Se lover
Sous nos pieds
Le déluge éternel
Partager son offrande entre ciel et sel,
Entre rhum et goémons
Et notre soif de partout
Comment l'étancher mieux qu'en restant là
Sans nous séparer
Jamais
Quel meilleur repas

10 août 1966

Poème à la canne écrit par mon père en cachette et photographié par moi juste avant que la mer n'efface tout.

Avant que d'y aller
Il me jette à la mer
Mais non ce n'est pas vrai
Il me jette un regard
Si doux que la mer tremble
Mais non ce n'est pas vrai
Je revois sa main bleu
Quand il pelait sa pomme

Et la pomme ébréchée
saignait par quatre plaies
Mais non ce n'est pas vrai
Il fait froid dans la pomme
Et la main refermée
ne sait plus quoi penser

24 août 1967

Poème à la canne en partie effacé par la marée montante.

Avant que de monter lis donc un peu
Ces mots écrits pour toi
Mer
Avant de les porter à tes lèvres
Et d'en être le dernier livre
Aux mains de qui tu sais
Regarde-la
Sans qu'elle te voie
Je t'en veux de...

...

Souviens...
Elle n'est plus si belle
La...
Mais déjà
Le dernier mot
S'en...

1er août 1968

Table des matières

"Faits de société"

Noir animal ou La menace
Yann Queffélec

Un sujet fort tristement d'actualité : la violence des jeunes et les problèmes liés au racisme.
Un enfant de couleur, adopté après neuf ans d'orphelinat, est soumis à la barbarie d'une bande de skins menée par son propre demi-frère. Il découvre l'enfer au quotidien, et tout l'art de la survie... Mais pour combien de temps ?

(Pocket n°10657)

"Pour l'amour d'Élise"

Les saisons de Vendée

Yves Viollier

Orphelin, né de père inconnu, Augustin est fort comme pas deux, surdoué en calcul et doté d'un fier caractère. Il décide d'être paysan. D'abord valet de ferme, Augustin gravit un à un les échelons et devient maquignon. Son amour pour Élise le porte. Institutrice, elle est la fille de riches propriétaires terriens. Ensemble, ils doivent vaincre les préjugés. Alors que leur mariage est annoncé, Augustin reçoit la visite du médecin qui l'a mis au monde. Celui-ci lui annonce une terrible nouvelle...

(Pocket n°10186)

Achevé d'imprimer sur les presses de

BUSSIÈRE

GROUPE CPI

à Saint-Amand-Montrond (Cher)
en août 2003

POCKET - 12, avenue d'Italie - 75627 Paris Cedex 13
Tél. : 01-44-16-05-00

— N° d'imp. : 34395. —
Dépôt légal : septembre 2003.

Imprimé en France